치유의 글쓰기

십 대를 위한 자기 발견 시간

치유의 글쓰기

십 대를 위한
자기 발견 시간

이남희

이온서가

시시각각 빠르게 변해가는 세계 속에서,
우리는 적응하기 위해 바쁘게 노력하며 살아갑니다.
사람들은 너무 바빠서, 자신의 내면은 돌볼 겨를이 없다고 합니다.

이럴 때일수록 외부로 보이는 성공뿐만 아니라
자기만 아는 내면의 상태를 다루는 것은 매우 중요합니다.
내면이 불안하면 삶도 짐스럽고 버거운 것이 되어
어느 순간 나를 압도해버릴 수 있으니까요.

내가 나를 지켜보고 안아줄 수 있다면
내 속의 엉킨 실타래를 풀어낼 시간을 준다면
내 마음을 비추는 거울이 이미 내 안에 있다는 걸 안다면
다가올 나날들이 더는 두렵지만은 않을 겁니다.

2부 내가 누구인지 나도 궁금해

: 치유의 메타인지 글쓰기

3부 내 모든 이야기는 나의 손으로

: 자아상 형성

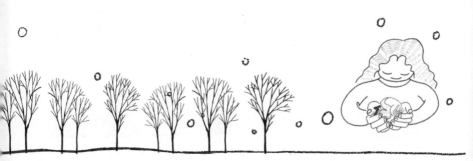

아직도 내겐, 진작 진짜 '나'를 알았더라면 후회스럽지 않게 살았을 텐데, 하는 아쉬움이 있습니다. 자기 알기, 자기 탐구.

나의 학창 시절엔 '자기 탐구' 같은 말조차 없었습니다. 공부란, 영어나 수학 같은 지식 쌓기를 뜻했지요. 그러다 보니 살면서 선택의 문제에 부닥칠 때면 진짜 '나'가 원했던 건 이게 아니었다든지, 나답지 않은 걸 후회할 때가 종종 있었습니다.

인생에서 선택의 문제란 건, '저게 욕심나는데 훔칠까 말까?' '쟤 때문에 화가 나는데 때려줄까 말까?' 하는 식의 뻔한 갈등이 아닙니다. 이런 문제는 무엇을 해야 하는지 답이 이미 나와 있습니다. 그게 아니라, 이를테면 선물을 줘야 하는데 마음이 내키지 않을 때가 있을 겁니다.

'줘야 하나, 말아야 하나? 준다면 어떤 수준의 선물을 줘야 하나? 싼 거, 비싼 거? 어떤 선택을 해야 나중에 후회하지 않을까?' 혹은 내 절친이 그 사람을 엄청 싫어하는데 나는 좋은 경우도 있지요. '사귈까? 말까? 만약 사귄다면 내 절친에겐 감추고 거짓말해야 하나?' 내가 좋아하는 이와 사귀는 게 당연하다면 친한 친구와의 우정을 존중하는 것도 당연합니다. 두 당연함 중에 나는 어떤 선택을 해야 후회하지 않게 될까요? 성인이 되어도 이런 선택의 문제들은 끝없이 생겨납니다. '어머니와 아내 사이가 나쁘다면, 누구 편을 들어야 하는가?' 이런 선택의 문제들이 계속 밀려오게 마련이지요.

단언하자면, 이런 문제에 정답은 없습니다. 각자 자기다운 답을 찾아야 합니다. 그러므로 자기를 잘 모르면 후회할 선택을 하게 되고, 그런 선택이 쌓이다 보면 자기 인생이 엉뚱한 방향으로 흘러간다고 느끼게 됩니다.

일상 에세이 수업에 만난 정지은(가명) 씨의 경우도 그랬습니다. 그는 성장 과정 내내 '엄친딸'로 불렸습니다. 학창 시절 성적은 최상위권이어서 자연스럽게 의대에 진학했습니다.

"당연한 일 같았어요. 다른 과는 생각도 안 해봤어요."

의대 예과 2학년 시험 기간에, 그는 학교에 가지 않았습니다. 과대표의 연락을 받고 지은 씨의 엄마가 부랴부랴 달려가보니 지은 씨는 자고 있었습니다. 자고 자고 또 잤다고 합니다.

"내내 잤어요. 스무 시간 가까이 내리 자기도 했어요. 한 번도 안 깨고요."

유급됐습니다. 딱히 의학이 싫다는 생각은 들지 않았습니다. 엄마는 공부가 버거워서 그런가 보다며 과외까지 붙였지만 도움이 되지 않았습니다. 노쇼와 유급과 휴학이 거듭됐어요.

"지금 와서 후회되는 건, 자퇴 결정을 내리기까지 시간을 너무 질질 끌었다는 거예요. 저의 20대가 그렇게 날아갔으니까요."

『내가 틀릴 수도 있습니다』라는 책의 저자 비욘 린데블라드도 지은 씨와 비슷한 경험을 했습니다. 그도 자라는 내내 우등생이었습니다. 고등학교를 졸업하고 스웨덴 최고라는 스톡홀름 경제대학에 들어갔습니다. 딱히 경제학에 흥미를 느껴서는 아니었습니다. 막연히 아버지가 칭찬하실 거란 생각이 들어서였습니다. 대학에서의 성적도 우수했습니다. 졸업하기도 전에 거대 다국적 회사에서 입사 제안을 받았습니다. 1차 면접을 보고 나서 면접관이 이런 말을 했습니다.

"이보게. 자네는 분명히 다음 면접을 보러 런던 본사로 오라고 요청 받을 걸세. 그런데 그 전에 자네에게 충고 한마디 해도 되겠나?"

"예, 얼마든지요."

"런던의 내 동료들과 면접을 볼 때는 업무에 좀 더 관심이 있는 척하게."

입사했습니다. 재무 일에 흥미가 안 갔고, 하기 싫다는 마음이 자꾸 들어 스트레스를 받았습니다. 그래도 어른으로 사는 게 으레 이런 것이려니 하며 열심히 일했습니다. 고속 승진하여 개인비서, 전용차, 스페인 별장까지 생겼고, 입사 3년 만인 26세에는 최연소 임원이 되었지요. 그러나 그의 내면은 시끄러웠습니다. 이런 인생이 진짜 자기답게 사는 것인가라는 의문으로 고민하다 결국 회사를 그만두었습니다.

"그러곤 어떻게 됐어요?"

지은 씨가 눈을 반짝이며 물었습니다.

"태국으로 가서 머리 깎고 승려가 되었다고 해요."

지은 씨는 잠시 침묵하더니 혼잣말처럼 덧붙였습니다.

"…하고 싶은 걸 찾았으니까 나름 해피 엔딩인가요? 전, 아직도 모르겠는데."

지은 씨는 그냥 집에 있다고 합니다.

이런 사례들이 이젠 특별하게 들리지 않습니다. 그동안 잘 해오던 커리어를 갑자기 중단하고 진짜 자기답다고 여겨지는 인생을 찾아가는 일. 영화에서도, TV의 다큐 프로그램에서도 종종 보아왔습니다. 남들은 성공했다고 여기는 직업이, 혹은 삶의 과정이 자기와는 맞지 않았다고 토로합니다. 경력을 쌓아 명예를 얻거나 돈을 많이 버는 걸로는 마음이 채워지지 않았다고. 그런데 이제 진짜 자기답다고 느껴지는 인생을 살게 되자 행복해졌다고, 바로 이런 게 성공 아니겠느냐고.

'마음이 채워지지 않는다.'

무슨 말일까요? 달리 표현하면 '의기소침해지다' 더 심하면 '우울하다'는 의미일 겁니다. 사춘기 무렵이 되면 자기가 누군지 묻게 되고, 인생의 의미를 찾게 됩니다. 이럴 때, '인생' '의미' 하고 추상적으로 물으면 제대로 된(실제 내게 도움되는) 답을 얻지 못합니다. 막연한 질문에는 막연한 답만 나오니까요. 인생은 의미가 있는가? 그 의미는 무엇인가? 이렇게 질문하다 보면 말장난에 빠져버려 정작 중요한 실체는 놓치게 됩니다. 이런 질문은 결국 '인생은 무의미하다'와 같은 허무주의적 결론에 도달하게도 합니다. 인생의 의미가 무엇인가를 물을 게 아니라,

진짜 '나'가 원하는 것은 무엇인가?
진짜 '나'답게 산다는 건 어떻게 사는 것인가?

이처럼 구체적으로 물어야 합니다.

그러지 않고, 진짜 '나'를 들여다보지 않으면, 사회 통념에 휩쓸려 살아가게 됩니다. 린데블라드처럼 '아버지가 기뻐하실 거 같아', 지은 씨처럼 '우등생이라면 의대 진학이 국룰이니까' 사회의 통념을 좇아 살다 보면 어느 시점에서든 후회가 찾아올 수 있습니다. 그럴 때 린데블라드처럼 진짜 '나'가 원하는 것, 진짜 '나'답게 사는 길을 찾아낸다면 다행이지만 지은 씨처럼 '그냥' 집에서 후회만하고 있을 수도 있습니다.

예전이라면 정신과 진단명으로나 쓰이던 '우울증'이란 말을 요즘은 일상 용어처럼 마주칩니다. 불안장애, 공황장애 같은 심각한 병명도 낯설지가 않습니다. 자기를 표현하는 연습 글에서도 이와 같은 내용을 쉽게 만납니다.

'이제 사람들에게 지친 것 같다.'

'다 떠나서 혼자 있을 수만 있다면….'

'딱히 좋은 것도 싫은 것도 없으니 그냥 노력하기만 하면 될 것 같은데, 내 마음대로 되지 않는다.'

'몇 달째 아무 데서나 눈물이 줄줄 흐르는데 이유를 모르겠다.'

'열정이라는 말을 들으면 나와는 먼 남의 일 같고 심지어 나더러 가면을 쓰라고 강요하는 것 같다.'

'뭘 해도 기운이 나지 않는다. 그냥 허전하고 우울하기만 하다.'

'마음 밑바닥에는 어쩐지 가짜라는 불편한 느낌이 있는데 아무리 해도 사라지지 않는다.'

심지어 인생도 세상도 의미가 없다는 생각이 들며, 애착을 느낄 수 없다는 걱정스러운 내용까지 있습니다. 이러한 현상을 뭐라 부르든, 살아갈 에너지가 바닥났다는 느낌이라는 건 공통적입니다.

  사람은 자기가 원하는 걸 할 때 기운이 납니다. 어린
애도 아는 사실이지요. 진짜 '나'가 원하는 대로, 즉 진짜
'나'답게 살아야 기운이 나는 것입니다. 거창하게 인생의
마스터플랜을 세우고 살아야 한다는 뜻이 아닙니다. 자신
이 무엇을 원하는지 알아차리고 그것을 추구하면서 살아
가는 게 인생의 바탕입니다. 어떤 일을 하든, 먼저 자기를
탐구하여 자기를 알아야 합니다.

  아주대 심리학과 김경일 교수는, 사람이 무엇을 '원한다'
고 말할 때 그 속성이 두 가지로 나뉜다고 주장합니다. 사
회적 욕망 원츠wants와 진짜 '나'가 원하는 니즈needs.

  어느 날, 딸과 함께 놀이동산에 갔는데 많은 아이들이
헬륨 풍선을 가지고 놀고 있었답니다. 딸은 그 광경을 보
고는 자기도 풍선을 사달라고 졸랐습니다. 풍선을 샀더
니 딸아이는 좋아하며 들고 다녔는데, 거길 벗어나 다른
곳으로 갔더니 슬그머니 풍선을 놓아버리더라는 것입니
다. 변덕을 부린다고 딸을 나무라려고 했습니다. 그러다
주변을 살펴보니, 그 공간에선 풍선을 들고 있는 아이들
이 아무도 없었습니다. 퍼뜩 깨달았습니다. 풍선을 갖고

싶다고 한 딸의 욕망은 진짜 본인이 원한 게 아니었습니다.
다른 사람들을 좇아 생겨난 사회적 욕망, 원츠였습니다.

　이렇듯 자신이 원한다고 생각했던 것이 진짜 '나'가 원
하는 게 아닐 수도 있습니다. 우리의 내면에는 수많은 욕
망이 있지요. 어렸을 때는 부모의 욕망이나 기대가 바로
내가 원하는 것이라고 생각합니다. 자라서 학생이 되면
자연스럽게 또래 집단과 어울리며 비교 경쟁하게 되고
남들보다 뒤처질까 두려운 마음, 이기고 성공하고 싶은

욕망이 생기게 됩니다. 우리를 둘러싼 매스컴이나 광고들도 부추깁니다. 이런 물건을 가지고 저런 행동을 하면 성공할 것이고, 그럼 행복해진다고.

요즘 사회생활의 필수처럼 돼버린 SNS에선 '인싸' 친구나 인플루언서들이 올리는 피드가 유혹을 더합니다. 그들이 올려놓은 사진을 보면 365일 행복한 것만 같아요. 실제로 그런지 아닌지는 문제가 아닙니다. 그들이 보여주는 사진들이 얼마나 다른 이들의 부러움을 사느냐가 관건입니다. 실생활이야 어떻든 다른 사람들 눈에 멋져 보여야, 좋아 보여야 한다는 게 요즘 시대의 강박관념이 된 듯합니다.

그렇게 우리 내면에 쌓인 욕망들은 진짜 '나'가 원하는 게 무언지 알기 어렵게 만듭니다. 사람들은 당연한 듯 사회 통념이 요구하는 욕망대로 무언가를 소유하고 손에 넣으려고 애씁니다. 그러나 정작 자기 손에 쥐어도 만족은 잠깐일 뿐, 금세 다른 욕망을 향해 손을 뻗습니다. 진짜 '나'가 원하는 게 아니었으므로 그런 만족은 오래가지 못합니다.

가짜 욕망에 휘둘리지 않고 후회스럽지 않게, 만족스럽

게 살려면, 우선 '나'를 알아야 합니다. 진짜 '나'를 탐구하고 진짜 '나'의 목소리에 귀 기울이는 것이 진짜 '나'답게 살아가는 여정의 첫걸음입니다.

저는 진짜 '나'를 탐구하고 돌아보는 도구로써 여러분에게 글쓰기를 옆에 두라고 권하려 합니다.

안네 프랑크는 '종이는 인내심이 있어 내가 어떤 말을 하더라도 잘 들어줄 것'이라며 일기를 쓰기 시작했습니다.

일상에서 내 이야기를 참을성 있게 경청해주는 사람을 만나기란 쉬운 일이 아닙니다. 엄마는 내가 더듬더듬 말문을 트기 시작했을 때부터 손뼉 치며 내 말을 들어줬지만, 이젠 어쩐지 후련하게 속내 이야기를 털어놓게 되지 않습니다. 절친에게도, 내 말만 늘어놓다 보면 문득 폐가 되는 건 아닌지 눈치를 보게 될 때가 있습니다.

그에 비해 글쓰기는 자유롭습니다. 내가 마음을 먹기만 하면 됩니다. 내 기분에 따라 길게도 짧게도 쓸 수 있으며, 눈치 볼 필요도 없습니다. 시간도 구애받지 않습니다. 쓰고 난 뒤엔 눈으로 되짚으며 곱씹을 수도 있습니다.

1부「마음을 종이 위에 풀어놓는 일: 직관적 메타인지 글쓰기」는 여러분의 내면에서 솟구치는 대로, 즉 자신의 직관을 믿고 글을 써보는 시간입니다.

'직관' 하면 생각나는 게 있습니다. 나는 사춘기 시절 내가 위선자가 아닐까 고민했던 적이 있습니다. 중학교에 다니던 시절, 동급생 오빠가 연탄가스 중독으로 세상을 떠나서 친구들과 문상을 갔습니다. 친구들 모두가 눈물을 흘리며 슬퍼하는데, 나는 그 오빠가 안쓰러운 마음이 들면서도 한편으론 내가 흘리는 눈물이 진심인지, 정말 슬픈지 거듭 물었습니다.

'너, 정말 슬퍼서 울어? 괜히 남들 따라서 슬픈 척하는 거 아니야?'

뒤통수 안쪽에 카메라가 한 대 켜져 있어 나의 생각과 언행을 촤르륵촤르륵 찍고 있는 것만 같았습니다. 이런 느낌은 시시때때로 따라붙지요. '이렇게 느끼는 내가 사이코패스 성향이 있는 것인가?' 심지어 이런 생각까지도 들었습니다. 물론 그건 나만의, 절대 비밀이었습니다.

나중에서야 그런 감각을 '자의식'이라고 한다는 걸 알게 되고, 비로소 거리낌에서 벗어났습니다. 이렇게 자기를 남처럼 지켜보는 감각을 우리는 '자의식' '생각의 생각' 등으로 부르다가 요즘에는 '메타인지'라고 합니다.

혹시 메타인지라는 말을 들어본 적이 있나요? 메타인지metacognition라는 말은 심리학자인 존 플라벨J. H. Flavell이 처음 쓰기 시작했습니다. 남이 지시하기 전에 자신의 생각에 관해 스스로 사고하는 능력을 말합니다. 상위인지, 초인지라고도 합니다. 이후 자신의 생각, 느낌, 지식에 대해 스스로 성찰하는 능력을 뜻하게 되었습니다. 그런데, 메타인지와 글쓰기는 무슨 관련이 있을까요?

글을 쓰는 시간에는 내면에 떠다니던 나의 생각, 마음이 언어로 구체화됩니다. 그러면서 자연히 메타인지가 강화됩니다.

메타인지를 쉽게 이해하려면 다음 그림을 보자. 왼쪽에서 '나'는 연설을 하고 있고, 상황 속에 빠져 자신을 바라보는 청중을 의식하고 있다. 오른쪽 그림에서처럼 약간 위에서 조망하듯 전체 상황을 바라보는 것이 메타인지다.

상황 속에 빠져 있는 모습.   메타인지의 시선으로 자신을 바라보는 모습.

현대 사회의 빠른 변화 속도를 따라가느라 우리 마음은 너무 가파르고 초조해졌습니다. 이런 속도에 휘말려 자칫 자기다운 중심을 잃어버리지 않으려면, 메타인지를 키우는 것이 여러분에게 꼭 필요하다고 생각했어요.

그렇기에 저는 메타인지와 글쓰기를 연관시켜 앞으로 차근차근 안내해나가려 합니다. 메타인지가 강화될수록 외부 세계의 숱한 자극과 만나더라도 내면에 상처 입는 일이 줄어듭니다. 설령 마음에 상처를 입는다 해도 스스로 치유할 방법을 찾습니다. 또 긴 인생의 수많은 선택의 순간마다 자신이 원하는 방향을 알고 택함으로써 진짜 '나'다운 길을 가는 데 도움이 됩니다.

1부는 이론의 틀에서 벗어나 오롯이 자기에게만 기댄 글쓰기 시간입니다. 글쓰기는 그 어떤 훌륭한 이론을 아는 것보다 직접 써보는 게 중요합니다. 씁니다. 너무 많이 생각하지 말고 일단 써봅니다. 이걸 충분히, 질릴 때까지 (장담컨대 하다 보면 질리긴커녕 오래오래 즐기게 되겠지만) 해보라고 권하고 싶습니다. 쓰면 쓸수록 여러분의 메타인지는 점점 증강되어 자신과 세상을 보다 넓고 너그럽게 대하게 될 것입니다.

2부 「내가 누구인지 나도 궁금해: 치유의 메타인지 글쓰기」에서는 심리학 이론을 기반으로 하여 나의 기질, 성격 등을 탐사합니다. 그러면서 마음 깊은 곳까지 내려보낸 콤플렉스, 상처 등을 글로 쓰며 치유하는 과정입니다.

자신의 기질, 성격을 아는 것은 중요합니다. 성장 과정에서 이것 때문에 장애에 부닥치기도 하지만 '진짜 자기' 다움들이 펼쳐지고 꽃피어 사회가 풍성해집니다. 책에 나오는 페르소나, 콤플렉스, 그림자 등등 심리학 용어에 너무 구애받지 않으면 좋겠습니다. 이런 용어들은 자기 탐구 여정에서 만나는 표지판 같은 것일 뿐입니다. 글쓰기에 쉽게 접근하도록 해줄 표지판 말입니다.

3부 「내 모든 이야기는 나의 손으로: 자아상 형성」은 내가 나를 어떻게 생각하는지, 글을 쓰며 알게 되는 시간입니다. 혹시 자신을 무가치하다고 생각하진 않나요? 자기 자신을 글 쓸 만큼의 이야깃거리가 없는 사람이라 생각하진 않나요? 글을 쓰는 시간 속에서는 신기하게도, 온갖 산만한 잡념을 뚫고 내 안 깊은 곳 나의 진실한 자아가 나옵니다. 내가 누구인지 알려주는 나의 글을 통해 스스로를 치유하고 앞으로 나아가기 바랍니다.

먼저, 마음에 드는 노트 한 권과 펜을 마련합니다. 다음, 내 마음이 편안해지는 장소를 정합니다. 마음껏 사색이나 공상을 해도 방해받지 않을, 혼자 있기 좋은 곳이면 더욱 좋습니다. 그곳에서 자기를 관찰하며 탐구하기 시작하는데, 자신을 검열하거나 비판하지 않겠다고 약속합니다. 잘 써야 한다는 압박감 따위는 떨쳐버립시다. 몸은 이완합니다. 마음은 가는 대로 내버려둡니다. 그렇게 자신의 모습을 만나러 가봅시다.

1부

마음을 종이 위에 풀어놓는 일

― 직관적 메타인지 글쓰기

지금-여기 쓰기

프리라이팅

보내지 않을 편지

내면 멘토와의 대화

1. 메타인지, 자기 관찰의 힘

AI 시대가 도래한다고 떠들썩합니다. 이미 우리 인류가 AI 시대를 살고 있다고 하는 사람도 있습니다. 갈수록 AI의 능력은 증강되고 있으며, 인간이 할 수 있는 일 대부분을 AI가 대체하게 될 것이라고도 합니다. 앞으로 AI가 대체하게 될 직업군에 대한 예측도 쏟아집니다. 자연스럽게 우리의 관심은 인간과 AI가 무엇이 결정적으로 다른지 그 차이로 쏠립니다. 점점 진화하고 있는 AI가 흉내 낼 수 없는 인간만의 능력은 무엇일까요?

인간에게는 다른 존재나 동물과 달리 자기를 돌아볼 줄 아는 기능이 있습니다. 자신을 객관적으로 지켜보는 능력입니다. 그 힘을 예전에는 자기반성적 의식(자의식)이라고도 불렸고, 요즘은 메타인지라고 합니다.

자기를 돌아보는, 자기를 객관적으로 아는, 자기를 관찰하는, 인간만이 가진 능력이 메타인지입니다.

사람들은 흔히 이런 말을 합니다. "어제 나는 내가 아니었나봐. 그런 말을 하다니. 제정신이 아니었던 것 같아."

자신을 돌아보고 그때의 일을 판단 평가하는 '나'의 의식, 이것이 바로 메타인지입니다.

첫째, 나를 타인처럼 바라봅니다.

자칭 거절 전문가가 있습니다. 이름은 지아 장. 그는 빌 게이츠처럼 성공하고 싶었습니다. 직장을 그만두고 앱 개발 회사를 차렸습니다. 몇 달 동안 혼신의 노력을 다해 새 앱을 개발하는 데 성공했습니다. 그만큼 열심히 노력했으니 마땅히 멋진 투자자가 나타날 거라고 믿었습니다. 투자를 받는 일은 번번이 거절당했습니다. 지아 장은 그 지점에서 꺾이지 않고 계속 나아갈 용기와 힘이 필요했

습니다. 그래서 블로그에 '100번 거절당하기'란 프로젝트를 시도하겠다고 올렸습니다.

맨 처음 과제는 자기 사무실이 있는 빌딩의 경비원에게 100달러 빌리기였습니다. 용기를 내어 말을 꺼냈으나, 경비원은 빌려주길 거절했습니다. 그는 너무 부끄럽고 당황스러워서 도망치듯이 그 자리를 떴습니다.

블로그에 올리려고 그때의 영상을 다시 보면서 깨달았습니다. 거리를 두고 당시의 영상을 잘 관찰해보니, 경비원은 '노(안 돼)'라고 거절은 했지만 당시 자신이 느꼈던 것처럼 위협적이거나 적대적이지 않았습니다. 심지어 거절의 말을 한 다음 친절한 태도로 왜 그러느냐고 연유를 묻기까지 했습니다. 그런데 정작 자신은 상대를 똑바로 쳐다보지도 못했고, 대답을 다 듣기도 전에 맹수를 만난 토끼처럼 꽁무니를 뺐습니다.

영상을 본 뒤 지아 장은 이런 생각이 들었습니다. 이유를 묻는 경비원에게 사정을 잘 설명해서 협상을 해볼 수도 있었다고. 그랬더라면 100달러 빌리기에 성공했을 수도 있었다고. 상대방의 반응을 살펴서 제대로 대응하기보다 거절에 실망하고 자존심에 상처 입을 자기 자신을 감싸는 데 더 신경 쓰고 있었던 겁니다.

그 후 지아 장은 100번 거절당하는 과제를 모조리 해냈고, 그 경험을 『거절당하기 연습』이라는 책에 담아 많은 인기를 끌었습니다.

이렇듯 메타인지란, 자신의 말과 행동을 제3자의 말과 행동처럼 관찰하고 분석하는 것입니다.

인기 높은 TV 프로그램 〈금쪽같은 내 새끼〉는 출연자들이 함께 일상 관찰 VCR을 본 다음 전문가인 오은영 박사가 문제를 짚는 순서로 진행됩니다. 출연자들은 자신의 모습이 나오는 영상을 보고 나서 공통적으로 "제가 저렇게 행동(말)을 하는 줄 몰랐어요"라고 합니다.

어느 일화에서는, 손톱을 물어뜯는 걸 넘어 발톱까지 물어뜯는 아이가 나왔습니다. 아이의 아버지는 그런 습관을 고쳐주려고 합니다. 쉬는 날 아버지는 거실에서 딸 이름을 자꾸 부르며 옆에 와보라고 합니다. 딸은 빙구석에 숨어 자기 이름이 불릴 때마다 점점 더 움츠러들어 얼음이 됩니다. 무뚝뚝한 태도와 버럭 성질내는 말투가 몸에 밴 아빠가 딸의 이름을 부를 때 딸이 느끼는 두려움이 화면을 뚫고 나올 것 같습니다. 이런 사실을 모르는 아빠는 근처에만 가도 잔뜩 겁먹고 움츠러드는 딸의 모습에 충격을 받고 섭섭하기만 합니다.

그런데 자신이 일상생활하는 모습을 영상으로 보고 나면, 누가 말해주기도 전에 부모는 무엇이 문제인지 스스로 깨닫기 시작합니다. 그렇기 때문에 오은영 박사의 충고를 인정하고 받아들이지요. 많은 출연자들이 "내가 그런 줄 진작에 알았더라면…" 하고 후회를 합니다. 자기 모습을 객관적으로 보고 나서 깨닫는 겁니다.

일상에서 자신이 어떻게 생각하고 말하고 행동하는지, 우리는 제대로 살피지 못하고 살아갑니다. 무심히 습관에 따라 살던 대로 삽니다. 문제를 못 보니까 해결책에 이르기엔 더더욱 어렵지요. 자신의 말과 행동을 거울에 비추어보듯 보기만 해도, 무엇이 문제인지, 얼마나 심각한지 저절로 깨닫습니다.

둘째, 내가 아는 것과 모르는 것을 내가 파악합니다.

메타인지라는 말은 1970년대에 생겨났지만 우리 사회에 메타인지란 말이 널리 퍼진 계기는 2010년, EBS의 연속 다큐멘터리 〈학교란 무엇인가〉가 큰 화제를 모으면서부터였습니다. 그중 4부 '0.1% 영재들의 새로운 발견'에서는 한국의 최상위 0.1% 학생들을 전수 조사하여 그들과 평범한 학생들 간에 어떠한 차이가 있는지 살펴봤습니다. 실제로 전국 164개 학교의 0.1% 학생 800여 명과 일반 학생 700여 명에게 116개에 달하는 질문을 던졌습니다. 제작진은, 처음엔 두 집단 간의 IQ에 차이가 있지 않을까 짐작했습니다. 공부머리는 타고난다는 말도 있으니까요. 그러나 IQ지수는 0.1% 최상위 집단이 평균 134, 일반 학생 집단은 평균 125 정도여서 결정적인 차이가 있다고 보긴 어려웠습니다. 두 집단의 일상생활도 살펴보았습니다. 0.1% 학생들의 하루 일과는 여느 학생들과 특별히 구분되는 점이 없었습니다. 부모의 학력이나 경제적 형편에서도 두드러지는 차이가 없었습니다.

뛰어나게 머리가 좋은 것도 아니고, 생활 습관이 남다른 것도 아닌데, 왜 어떤 아이들은 0.1%에 속하는 뛰어난 성적을 가졌을까요?

그러다 기억력 테스트에서 흥미로운 차이점을 발견했습니다. 단어 25개를 무작위로 3초씩 보여준 다음 몇 개나 기억하는지 알아보는 실험이었습니다. 일반 학생들은 답을 쓰기 전 대부분 8~10개 정도 맞힐 수 있다고 대답했고, 실제로 맞힌 개수는 4~8개였습니다. 예측과 결과가 달랐습니다. 그런데 0.1%의 최상위 학생들은 자신이 맞힐 거라고 예측한 수와 테스트 결과가 일치했습니다. 그저 한 여학생만 10개를 맞힐 거라 예측하고 11개를 맞

혀서 예측과 결과가 달랐습니다.

즉, 기억력이 아니라 '자신이 기억하는 것과 기억하지 못하는 것을 정확히 알고 있는가'에서 실력의 차이가 비롯된 것입니다.

"세상에는 두 가지 종류의 지식이 있습니다. 첫 번째는 내가 설명할 수 없는 지식, 두 번째는 내가 설명할 수 있는 지식이죠. 그런데 첫 번째는 내가 아는 지식이 아닙니다. 내가 알고 있다는 느낌만 있는 것입니다."

아주대 김경일 교수의 말입니다. 이처럼 자신이 아는지 모르는지를 스스로 정확히 아는 것이 메타인지입니다. 자신을 객관적인 입장에서 바라보고 판단 내리는 능력입니다.

셋, 넓은 주의력.

한 청년이 검술을 배우려고 당대 최고의 검객 문하에 들어갔습니다. 스승은 청년에게 검술은 가르치지 않고, 마당 쓸고 물 긷고 장작을 패는 등 잡다한 일만 시켰습니다. '처음엔 다 그러려니' 하고 청년은 묵묵히 시키는 일을 했습니다. 그런데 일을 하고 있을라치면 스승은 등 뒤에서 목검을 휘두르며 공격해오곤 했습니다. 청년은 번번이 목검에 맞아 나동그라졌습니다. 어이가 없었으나 최고의 검술을 배우게 될 거라는 기대로 꾹 참았습니다. 1년, 2년… 시간이 흘러갔습니다. 여전히 스승은 검술을 가르쳐줄 기미를 보이지 않았습니다. 마당을 쓸거나 장작을 패고 있을 때 청년의 등 뒤에서 목검을 휘두르며 공격하는 빈도수가 늘어갔습니다. 처음엔 무방비로 얻어맞던 청년도 차츰 피할 수 있게 되었습니다. 그렇게 9년이 흐른 어느 날, 청년이 마당을 쓸고 있는데 스승이 또 등 뒤에서 목검을 휘두르며 달려들었습니다. 청년은 쉽게 알아채고 가볍게 몸을 피했습니다. 그러자 스승은 목검을 내려놓으며 말했습니다.

"이제 내가 가르쳐줄 수 있는 검술은 다 가르쳤다. 그만 하산해도 좋다."

이 일화를 소개한 시어도어 다이먼Theodore Dimon은 인간에게 깊은 주의력depth of attention과 넓은 주의력width of attention이 있다고 합니다. 국내에는 그의 저서 『배우는 법을 배우기The Elements of Skill』가 소개되기도 했습니다. 칼로 상대의 어디를 공격하면 좋을지 주의 깊게 살피는 게 깊은 주의력이라면, 상대의 움직임을 포함해서 그 상황 전체를 알아차리는 것이 넓은 주의력인데, 최고의 검객이 가르친 검술이 바로 넓은 주의력이었습니다. 최고의 검술이란, 단순히 칼로 찌르기 쉬운 상대의 약점을 찾는 것을 넘어 상대의 움직임을 포함해서 대치하고 있는 전체 상황을 파악하는 것이라고 합니다. 그래야 상대의 움직임에 따라 즉각적으로 대응할 수가 있습니다.

학생들에게 공부하라고 할 때, 그 '공부하는' 행위는 학습 교재에 깊은 주의력을 쏟으라는 의미입니다. 깊은 주의력은 별도로 연습하지 않아도 타고납니다. 갓난아기도 흥미를 느끼면 그 대상으로 손을 뻗으니까요. 자신이 흥미를 느낀 사물이나 대상에 주의력을 쏟는 건 누구나 자연스럽지요.

넓은 주의력은 성장하면서 점차 능력치가 쌓입니다. 따라서 사람에 따라 편차가 있습니다. 성인인데도 넓은 주의력을 발휘하지 못하는 사람이 있습니다. 무엇 하나에 꽂히면 그 밖에는 아무것도 눈에 들어오지 않는다든가, 분위기 파악을 못한다, 눈치가 없다는 말을 듣는 사람이 있다면 바로 넓은 주의력이 모자란다는, 활성되지 않고 있다는 뜻입니다. 넓은 주의력이 제대로 그리고 충분히 작동되려면 의식적으로 연습을 해야 합니다.(물론 깊은 주의력도 고강도의 몰입을 위해서는 연습이 필요하다고 하지만) 검객의 제자가 처음엔 얻어맞기만 하다가 불시에 기습하곤 하는 스승의 공격 때문에 언제나 넓은 주의력을 펼치려고 애쓰면서 점차 주변의 어떤 기미도 놓치지 않게 된 것을 상기하면 이해가 쉬울 것입니다.

잠깐 상상해볼까요. 친구들과 함께 카페에 갔습니다. 이런저런 잡담 끝에 학교 시험 문제가 너무 어려웠다는 화제가 나옵니다. 그런데 어떤 친구가 핏대를 세우기 시작하더니 학교 시험이 어려워진 원인이 입시 정책과 관련이 있다면서 학군 문제, 학원 문제로까지 화제를 옮겨가며 대화의 지분을 독점합니다. 가만히 듣고만 있던 친구들이 급기야 좀이 쑤셔 엉덩이가 들썩들썩하지만 그런 건 눈에 들어오지 않습니다. 딱히 그 친구에게 악의가 있는 것은 아닙니다.(사람들은 대부분 알고 보면 착합니다) 그저 깊은 주의력에 빠져 있기에 자기 말 외엔 아무것도 염두에 두지 못하는 겁니다.

반면 넓은 주의력을 가진 사람이라면, 시험 문제 품평이 화젯거리에 지나지 않음을 염두에 둡니다. 친목을 쌓는 자리라는 전체 그림을 의식하고 있습니다. 그렇기에 자칫 대화가 언쟁으로 번지지 않도록 조심하면서 대화에 끼어들지 못하는 친구가 있으면 슬며시 그의 의견을 물어 대화에 참여하게 만드는 등 신경을 씁니다. 깊은 주의

력에 심하게 빠지면 '자기만 아는' 나르시시스트, 자기애
성 환자라는 평도 얻게 됩니다. 넓은 주의력을 지닌 사람
은 주변에서 마음 그릇이 크다든지 배려심이 있다는 말
을 듣습니다.

넓은 주의력은 메타인지 능력이 발휘될 때 잘 작동됩
니다. 목적한 눈앞의 대상을 한 차원 높은 곳에서 관찰하
기 때문에 주변 상황을 넓게 포착하는 것이지요. 그렇다면,
깊은 주의력을 어떻게 넓은 주의력으로 전환시킬 수 있을
까요? 다음에 이야기하는 두 가지 요소가 필요합니다.

2. 메타인지를 강하게 해준다고?
주의집중: 주의를 대상에 집중하며 머무르기

일상에서 우리는, 대응하기보다 반응하면서 살아갑니다. 반응이란, 어떤 사건이나 대상을 접했을 때 뇌의 편도체에서 나오는 즉각적인 느낌과 생각의 결과입니다. 편도체amygdala는 흔히 원시 파충류의 뇌라고 부르는데, 주로 감정적인 반응이나 정서 기억을 담당합니다. 편도체에서 나오는 반응은 원초적인 (생각이라는 걸 거치지 않은) 감정의 표현인 경우가 많습니다. 인간이 별다른 자각 없이 (메타인지를 작동시키지 않고) 생활하고 있을 때는 말과 행동의 95% 정도가 반응에 속한다고 합니다. 그러나 자신의 느낌과 생각을 지켜보기 시작하면 (메타인지를 작동시키면) 자동반사적인 반응을 멈추게 되고 대뇌피질을 거쳐서 나오는 대응을 하게 됩니다.

주의집중은 바로 그 자동반사적 반응에 브레이크를 거

는 효과가 있습니다. 요즘 명상 분야에서 많이 쓰는 용어인 '마음챙김' '알아차림'의 핵심이기도 합니다.

목적한 대상을 얼핏 보고 지나치는 게 아니라 잠시 머문다, 대상에다 나의 주의력을 보내 덮어씌운다,고 상상하면 좋을 것입니다. 유심히 본다, 물끄러미 본다,고 말할 때의 그것입니다.

모든 것이 빠르게 더 빠르게 속도 경쟁에 내몰리고 있는 현대 사회에서 하나의 대상에 차분하게 머무르기란 쉽지 않습니다. 마음은 항상 바쁘고 조급합니다. 그래서 서두르게 됩니다. 이것을 힐끗 본 다음 저것에게로 내달리려고 합니다. 그렇게 마음이 성급하게 움직이려는 게 느껴지면 숨을 깊숙이 들이쉬세요. 주의집중이 시작됩니다.

어떤 일을 하든, 숨을 깊이 내쉬고 들이쉬기를 몇 번 반복한 다음에 하면, 실수하거나 잘못할 확률이 현저히 낮아집니다. 침착하게 제대로 해내게 됩니다. 시간이 더 걸리는 것 같아도 나중에 보면 덜 걸렸다는 걸 깨달을 거예요. 무엇이든 할 때마다 심호흡을 몇 번 하고 시작하는 버릇을 들이면 살아가는 곳곳에서 크게 도움이 될 겁니다. 시험을 본다면 시험지를 들여다보기 전에 숨을 크게 내쉬고 들이쉬기를 몇 번 한 다음 시험지를 들춰 봅니다. 책을 읽을 때도 숨을 크게 내쉬고 들이쉬기를 몇 번 한 다음 책을 펼칩니다. 긴장되거나 중요한 일을 해야 한다면 조금 더 시간을 들여서 의식적으로 숨을 내쉬고 들이쉬기를 반복한 다음에 합니다.

내가 하는 호흡을 지켜보는 것이 주의집중의 첫 단계입니다. 연습을 해봅시다.

호흡도 연습을 해야 한다니? 어색하게 들릴지도 모르

43

겠습니다. 호흡이란, 생명체가 살아 있는 이상 하겠다고 작정할 필요 없이 저절로 일어나는 일입니다. 생각할 필요 없이 호흡하고 있으니 우리는 호흡을 하고 있다는 사실조차 의식하지 못합니다. 이제 그것을 의식적으로 (인지하면서) 해보는 것입니다.

등을 똑바로 펴고 앉습니다. 눈은 살포시 감습니다. 나의 주의력을 코끝으로 보냅니다. 즉, 코끝에서 뭐가 일어나고 있는지 알아보겠다고 마음먹으라는 소리입니다.

숨을 천천히 내쉬면서 숫자를 셉니다. 정해진 숫자가 있는 건 아니지만 시작할 땐 다섯 정도가 적당합니다. 열을 넘지 않도록 합니다. 열이 넘어가면 숨이 모자랄 수도 있고, 숫자 세기에 정신이 팔릴 수도 있습니다. 숨을 다 내쉬었으면 잠시 숨을 멈추고, 그런 다음 들이쉽니다. 이번에도 숫자를 셉니다. 내쉴 때보다는 약간 작은 숫자일 것입니다. 내쉬는 숨이 조금 긴 편이 더 빠르게 심신을 안정시킨다고 합니다.

이렇게 반복하다 보면 숨이 점점 짧아지고 숫자도 하나나 둘이 될 겁니다. 숫자 세기를 그만두고 자연스럽게 숨이 들고나도록 놓아둡니다. 호흡에서 힘을 빼고 숫자 세기도 잊어버립니다. 그냥 숨결이 나가고 들어오는 걸 지켜보기만 합니다. 코끝에 숨이 닿는 느낌이 어떤지, 숨결의 공기가 따뜻한지 차가운지 알아차리려고 해봅니다.

동작과 생각을 멈추고 코끝을 가만히 지켜보는 건 의외로 어렵습니다. 내가 처음 해보았을 때 5분을 넘기지 못했습니다. 주의가 자꾸 딴생각으로 달아나버려 숨을 놓쳐버리곤 했습니다. 그렇다고 자책할 필요는 없습니다. 딴생각으로 달아났으면 달아난 줄 알고 다시 코끝으로 돌아오면 됩니다.

이렇게 한 5분 정도만 해도 마음이 가라앉고 긴장이 풀리면서 메타인지가 활발하게 작동하기 시작하는 걸 느낄 것입니다.

자기 자신을 알아차리는 감각 중에 누구나 쉽게 경험할 수 있는 것이 호흡과 배고픔이라고 합니다. 배고플 때 주의를 집중해보면, 배고픔을 느끼는 자기 자신과 그런 자신을 알아차리는 자기 자신을 쉽게 분리하여 알아차릴 수 있습니다.

언어화: 말과 글로 표현하기

메타인지를 강화하는 또 하나의 요소는, 마음속에 떠오르는 생각이나 감정, 느낌, 기분과 같은 정서를 언어화하는 것입니다. 말도 좋고, 말을 글로 구현하면 더욱 좋습니다.

만약 느끼기만 하거나 생각만 하고 그것을 말로 표현하지 않으면 느낌이나 생각은 스쳐 갔다고 할 수준으로 가뭇없이 사라져버리는 경우가 많습니다. 시공간 속에 존재하고 있는 실체적인 사물도 의식해서 말로 붙들어놓지 않으면 존재하고 있는 줄 모르는 경우가 허다합니다.

말로 표현하는 일은 중요합니다. 유대인들은 머릿속에 들어 있는 지식을 다른 사람에게 말로 설명하여 '내가 아는 나의 지식'으로 만듭니다. 하브루타 공부법입니다. 그래서 유대인들의 도서관은 다른 나라 도서관과 달리 두런두런 말소리가 들립니다. 두 사람씩 짝을 지어 서로서로 자기가 아는 것을 타인에게 설명하고 토론하기 때문입니다.

지식뿐 아니라 감정도 마찬가지입니다. 어떻게 느꼈는지를 말로 표현하지 않고 방치하거나 억누르다 보면, 자신이 느끼는 감정이 무엇인지 애매모호해지는 경우가 많습니다. 머릿속에 떠다니는 여러 감정들은 말로 표현함으로써 구체화되고, 있는 그대로 받아들일 수 있게 됩니다. 자신의 감정을 막연하게 느끼는 것에 머무른다면 다른 사람에게 자신의 감정을 적확하게 전달하지 못하므로 인간관계의 핵심이라고 할 공감 나누기가 일어나지 못합니다. 내가 받은 자극이나 느낌, 감정은 의식적으로 인지하려고 하다 보면 점점 범위가 확장되고 섬세해지고 풍부해집니다. 소위 감수성이 좋아지는 것입니다.

말은 강력한 힘을 갖고 있습니다. 옛날 사람들은 말에 신비로운 힘이 있다고 믿었습니다. 어떤 사물이나 감정에 이름을 붙이면 그 실체가 나타난다고 생각해서 경외스러운 대상은 이름을 부르는 일조차 극도로 삼갔습니다. 소설 해리포터 시리즈에서도 소설 속 등장인물들은 절대악 볼드모트의 이름을 함부로 말하지 않습니다. 부득이 그를 지칭해야 하면 막연히 '그'라고만 부릅니다. 또 셜록 홈스 이야기에서도 유일하게 홈스의 계략을 눈치채고 뒤통수를 친 범인 아이린 애들러를 홈스는 이름 대신 막연히 '그 여자'라고만 부릅니다. 즉, 말로 고정시켰을 때 실체화될 감정의 무게를 피한다는 설정입니다.

말로 표현하는 작업은 막연하게 느낌이나 생각으로 머릿속에 떠다니고 있는 것을 의식의 영역으로 끌어내는 일입니다. 자신이 경험하고 있는 세계를 실체를 가진 것으로 구체화, 객관화시키는 효과가 있습니다. 그렇게 표현된 느낌과 생각이라야 비로소 찬찬히 곱씹거나 다른 사람들과 나눌 수가 있게 됩니다.

콜라병을 본 적이 없어서 그걸 지칭할 이름조차 모르는 아프리카 부시맨에게 콜라병은 이 세상에 존재하지 않는 것이나 마찬가지입니다. 감정도 그렇습니다. 말로 구체화시키지 않은 느낌이나 감정은 의식에선 없는 거나 마찬가지입니다. 그것은 무의식에 숨어 엎드려 있게 됩니다. 자신이 느끼는 신체적, 이미지적 감각을 말로 표현할 수 있다면 (몸에서 일어나는 반응을 말로 표현해보기) 그 감각을 따라 일어났다가 스러지는 느낌과 생각의 과정도 세밀하게 표현할 수 있을 것입니다. 또 그럴수록 메타인지는 활발하게 작동하여 정말 내가 걱정해야 할 일인지,

내가 과장하여 미리 겁내고 있는 것인지 구분할 수 있게 해주며 따라서 차분하고 침착해집니다. 또 그걸 다른 사람들과 나눌 수도 있습니다. 즉, 정서적 소통으로 공감을 주고받는 것입니다.

저의 친구 한 명은 결혼 초기부터 자신만의 작은 공간을 꾸리고 싶어 했습니다. 그러나 끝내 남편을 설득하지 못했어요. 남편은, 본인이 출근하고 자녀가 학교에 가면 그 넓은 아파트를 아내 혼자 하루 종일 쓰고 있는데 왜 별도의 공간이 필요한지 모르겠다면서 아내의 오피스텔 매입을 찬성하지 않았습니다. 그런데, 우연히 〈알쓸신잡〉이라는 TV 프로그램에 어떤 작가가 나와서 '우리는 왜 호텔을 좋아하는가?'를 화두로 호텔이 주는 편리함과 단순성, 그에 따른 심리적인 독립감과 안정감까지 설득력 있게 설명하는 것을 보았습니다. 그 친구에게 자기만의 공간이 필요했던 이유가 바로 그것이었습니다. "진작에 남편에게 내 마음을 그처럼 말로 표현할 수 있었으면 얼마나 좋았을까? 그렇다면 지금쯤 나는 내 공간을 두고 있었을지도…."

이런 것이 바로 말로 표현하는 일의 큰 쓸모입니다. 표현의 힘입니다. 막연한 느낌으로만 놔두고 말로 바꾸지

않으면 표현이 안 되고, 표현하지 못하면 타인과 소통할
수 없습니다.

느낌과 생각에 언어라는 옷을 입혀 구체화할 때, 메타
인지는 더욱 확고해집니다. 그런데 말은 공간과 시간 저
편으로 사라진다는 한계가 있습니다. 말을 붙잡아 눈으로
보고 검토하게 만들어주는 것이 글입니다.

예를 들어, 갑자기 불안감이 밀어닥칠 때, 몸은 무엇을
느끼는지, 어떤 감각이 오가는지, 머릿속에 어떤 생각이
오가는지 간략하게라도 글자로 적어보면 그 실체가 드러
납니다. 흥분했을 때도 마찬가지입니다. 들여다볼 수 있
고 말로 표현할 수 있으면 그 감정을 컨트롤할 수 있습니
다. 이것이 메타인지입니다.

여러 종류의 감정들에 이름을 붙여봅시다. 슬픔, 자부
심, 당혹함, 외로움, 유감, 실망, 화, 두려움… 등등. 감정
에 이름을 붙인 뒤, 다음에 예를 든 것처럼 신체적 반응,
감각적 반응, 생각의 반응 등의 세 가지 관점으로 찬찬히
뜯어봅니다. 이러한 과정을 거치면, 글을 쓰면서 자신의
메타인지가 길러지고, 또 메타인지가 높아질수록 글도 더
잘 쓰게 되는 나 자신을 발견하게 될 거예요.

⚡ 내 감정 알아보기의 예

감정: 불안

1. 신체적(물리적) 반응: 숨이 짧고 가쁘다. 목덜미가 뻣뻣해진다. 피부가 따끔따끔하다. 나도 모르게 몸을 움찔댄다.

2. 감각적 반응: 먹구름이 낀 것처럼 눈앞이 어두컴컴하다.

3. 생각의 반응: 뇌가 멈춘 것 같다. 곧 무서운 일이 닥쳐올 거라는 예감이 든다. 피하고 싶다. 숨고 싶다.

감정: 기쁨

1. 신체적(물리적) 반응: 나도 모르게 미소가 나온다. 턱을 들어 올린다. 가슴 가득 온기가 퍼진다. 두 손을 비빈다. 손뼉을 친다. 입에 침이 고인다.

2. 감각적 반응: 둥실 떠오른 기분. 세상이 환하다. 장밋빛으로 변한 것 같다.

3. 생각의 반응: 정말 좋아. 즐겨야지. 당연해. 하지만 곧 나쁜 일이 오는 게 아닐까.

3. 나의 직관을 믿고 써볼까
'지금-여기' 쓰기

'지금-여기' 쓰기란, 주의집중과 언어화를 연습하는 글쓰기입니다. 메타인지를 기르는 글쓰기의 기초가 됩니다.

관찰은 주의집중을 강화시켜줍니다. 대상에 머무르며 세세하게 살펴보면 볼수록 주의집중력은 점점 높아집니다. 가만히 머물면서 살펴보면 그 대상에 관심과 호기심이 생기고 커지기 때문에, 없던 집중력도 길러지는 효과가 있습니다. 무슨 일을 하든 관찰력은 비장의 무기입니다. 대상을 볼 때 선입견(나의 판단)을 내려놓고 대상의 여러 면을 자세히 관찰하고 수집해서 글로 써봅시다.

글을 잘 쓰는 비결의 첫 번째는, 서두르지 말고 순서대로 쓰는 것입니다.

눈에 들어오는 것, 귀에 들리는 것, 냄새나 촉감 등을 순서대로 (멀리 있는 것에서 시작해서 가까이 있는 것으로,

혹은 가까이 있는 것에서부터 멀리 있는 것까지든지. 아무튼 차례를 지켜서 말을 늘어놓는다는 느낌으로) 쓰면 됩니다. 눈에 들어오는 것(인간이 수집하는 정보의 70% 이상이 시각 정보라고 합니다) 귀에 들리는 것 등등을 순서대로 쓰다 보면 자신이 있는 '지금-여기'가 구체적이고도 확실하게 드러납니다. 이 연습을 자주 하다 보면 관찰력이 점점 높아질 것입니다.

호흡으로 이 연습을 시작해볼까요. 편안한 자세를 합니다. 잠시 눈을 감습니다. 숨을 천천히 내쉬고 잠시 멈춥니다. 이때 숫자를 세면 주의가 흐트러지는 걸 방지할 수 있습니다. 그렇게 숨을 내쉬고 들이쉬면서 긴장을 푼 다음 눈을 뜹니다.

오감으로 '지금-여기'를 알아차리는 글쓰기이니 의도 없이 수동적으로 눈에 들어오는 것부터 쓰기 시작할까요. 눈앞의 정경을 사진으로 찍는다고 상상해도 좋을 겁니다. 눈에 들어온 대상에 지긋이 머물면서 나의 오감(시각, 청각, 후각, 촉각, 미각)에 들어오는 감각을 적당한 말로 표현합니다. 마치, 글로 그림을 그리는 것과 같습니다. 차례대로 쓰는 것이 잘 쓰는 비결임을 명심합시다. 그래도 막연해서 쓰기가 망설여진다면 자신에게 다음 질문을 던져볼까요.

【질문】지금 내 눈에 들어오는 가장 밝은 빛은?
【답】한낮의 햇빛 → 유리창 너머

여기서 구체적으로 들어갑니다.

통유리창 너머 햇살이 가득 내리쬐는 거리가 보인다. 창에 바싹 붙어 있는 테이블에는 한 여성이 앉아 있다. 머리를 하나로 묶고 헐렁한 하늘색 티셔츠를 입었다. 목선이 살짝 늘어나 있는 것이 외출복은 아닌 듯하다. 노트북 화면을 골똘히 들여다본다. 가끔 고개를 들어 체머리를 흔든다. 커피를 마신다. 거칠게 컵을 내려놓는다. 빠르게 자판을 두드린다. 그러다 눈길을 문득 창 너머로 던진다. 거기엔 가로수가 있다. 고개를 젖히면서 점차 가로수 우듬지로 시선을 옮긴다. 순간 그 아래 정류장에서 버스가 소리를 내며 출발한다. 나무 꼭대기에서 새들이 화르르 날아오른다. 여자의 입술이 방그레 벌어진다….

자꾸 연습하다 보면 장면을 독특하게 그리는 개성이

만들어지기도 합니다. 일기 작가로 유명한 아나이스 닌 Anais Nin의 장면 그리기에는 생동과 몰입감이 있습니다.

매니큐어를 칠한 발톱과 조용하고 졸린 듯한 거리에서 묻어온 샌들 위의 먼지를 내려다보면서, 마치 과일 속에 들어 있는 것처럼 어느 여름날의 한가운데 있을 때, 태양이 옷자락과 다리 사이로 비쳐 드는 것을 보면서, 은색 팔찌가 햇빛에 빛나는 것을 보면서, 제과점에서 나는 냄새를 맡으면서, 《보그》 잡지에서나 나올 법한 금발의 여자들로 가득 찬 자동차가 지나가는 것을 바라보고 있을 때, 그을고 상처가 있고 거무튀튀한 쇠 빛깔의 얼굴을 한 청소부 할머니가 갑자기 당신의 시야에 들어온다. 그리고 당신은 토막 살해된 남자에 대한 신문 기사를 읽는다. 작은 바퀴가 달린 널빤지 위에 실린 한 남자의 반쪽뿐인 시신이 당신 앞에 멈추어 선다.

여기서는 '지금-여기'를 특정하여 글로 그리기를 예로 삼았습니다. 이조차도 어렵다고 느껴질 수 있습니다. 좀 더 쉬운 방법이라면 사진 한 장을 놓고 글로 그리는 것도 유익한 연습이 될 것입니다. 되도록 순간을 포착한 스냅 사진으로 고릅니다. 추억이 담긴 장면이라면 더욱 생생할 것입니다. 또 기억하고 싶은 순간이 있다면 주의를 집중해서 머릿속에 그 순간을 되살립니다. 천천히 머릿속에 떠오른 장면을 더듬어봅니다. 그것을 글로 그릴 수 있습니다. 어느 쪽이든 사진으로 찍는 것처럼 글을 쓰는 연습입니다.

호흡으로 긴장을 풀고 속도를 줄입니다. 그런 다음 리듬을 타야 합니다. 그 순간으로 돌아갔다고 상상하면서 '지금-여기'인 것처럼 그때의 장면을 그립니다. 좋았다든가 나빴다든가 하는 판단은 나중에 합니다. 우선은 있는 그대로 생생하게 그리겠다고 마음먹고 순서대로 늘어놓습니다.

프리라이팅

말 그대로 자유롭게 쓰는 것입니다. 아무런 제한도 두지 않고 그냥 씁니다. 현재 가슴에서 출렁거리고 있는 감정이 있다면 그걸 소재로 삼으면 됩니다. 감정이 격해졌을 때는 특히 프리라이팅을 하면 해소가 되기도 합니다.

브레인스토밍에서는 이렇게 쓰는 걸 '프리라이팅free writing'이라고 하고 치유적 관점에서는 '자유연상 글쓰기'라고도 합니다. 목표는, 머리로 생각하는 것을 멈추고 손이 움직이는 대로 따라가 내면에 잠재되어 있던 말들이 흘러나오게 하는 것입니다. 그러다 보면 의식하지 못했던 숨은 감정이나 생각이 나오기도 하고, 때론 반짝이는 통찰을 얻기도 합니다. 모두가 무의식에 잠재되어 있던 것들입니다.

시간을 제한해두고 정해진 분량 쓰기를 해보는 것도

좋습니다. 가령, 30분 동안 세 쪽을 쓰겠다고 정하는 것입니다. 타이머를 맞춰놓고 쓰기 시작합니다. 30분 동안 세 쪽을 쓰려면 아마도 평소에 손을 움직이던 속도보다는 훨씬 바쁘게 움직여야겠지요.

생각하면서 쓰다 보면 속도가 나지 않습니다. 무조건 낙서한다는 기분으로 손을 움직입니다. 나오는 대로 그냥 쓰다 보면 내달리는 느낌이 들 겁니다. 실수가 있어도 무시하고 나아갑니다. 적당한 단어나 구절이 생각나지 않으면 공백으로 동그라미나 괄호 표시를 하고 넘어가고요. 머릿속 생각보다 손의 속도를 빠르게 하는 것이 핵심입니다. 무슨 말이 나오든 그에 얽매이지 말고 그냥 페이지를 메우겠다는 자세라야 합니다. 타이머가 울리면 문장이 끝나지 않았어도 멈춥니다.

시간 제한 프리라이팅으로 특히 이로움을 많이 얻는 유형은 자신의 내면에서 검열관이 잔소리를 심하게 하는 이들입니다. 한 단어, 한 문장 쓸 때마다, '이렇게 말하면 지나친 이기주의가 아닌가' '이렇게 쓰면 남들이 오해하지 않을까' 등등 망설이느라 자기 생각을 풀어놓는 일이 어려운 사람들이 있습니다. 검열관의 목소리를 무시하고 우직하게 자기 이야기를 펼쳐가는 일에도 연습이 필요합니다. 시간 제한 프리라이팅은 적절한 연습이 되어줄 것입니다.

나아가 검열관의 목소리를 더 죽여야 할 필요가 있다면 프리라이팅으로 쓴 자신의 글을 읽지 않는 것이 좋습니다. 쓰고 나면 덮어두고 절대 읽지 마세요. 그냥 쌓아두기만 합니다. 시간이 흐른 뒤(4~8주 정도 지난 뒤) 그동안 썼던 것을 한꺼번에 죽 읽어봅니다. 자신이 얼마나 검열관의 옹졸한 판단에 얽매여왔는지 발견할 수 있을 거예요.

프리라이팅도 어떻게 시작해야 할지 막막할 수 있겠지요. 디딤판을 이용해봅시다. 글쓰기라는 물속에 풍덩 뛰어들기 위해 발을 구르는 디딤판입니다.

'나는 기억한다'라고 써놓고 마침표를 찍지 말고 잠시 기다려보세요. 떠오르는 것이 있을 겁니다. 그걸 쓰면 됩니다. 또 '나는 그때 행복했다'라고 시작하는 것도 멋지겠지요. 행복했던 지난 시간을 기억하는 내용으로 이어질 테니까요. '나는 그때 슬펐다'라든가 '나는 후회한다'는 문장도 좋습니다. 과거로 되돌아가게 해주는 문장이라면 어떤 것이든 디딤판으로 이용할 수 있습니다.

【예문】 나는 기억한다. 어머니가 돌아가시던 그 겨울을. 장지로 가던 날 하얀 눈이 펑펑 내리고 있었다. 나는 뒷좌석에 앉아 눈물도 없이 망연히 차창 밖만 내다보고 있었다. 어머니에겐 암이 있었다. 병세가 그토록 급속히 진행될 줄이야, 나는 짐작도 못했다….

보내지 않을 편지

소설에서든 수필에서든, 글쓰기가 처음이라 선뜻 손이 나가지 않는다는 이에게 저는 편지 형식의 글을 고려해 보라고 권하곤 합니다. 말을 할 줄 안다면 글도 쓸 수 있습니다. 종이나 워드 화면 첫머리에 무작정 누군가의 이름을 적기만 해도 말이 터져 나올지도 모릅니다. 이름을 부른다는 건, 일상에선 누군가에게 말을 거는 대화의 시작입니다. 다만 편지글은 현실 대화와 달리 나 혼자만의 독백입니다. 그러니 긴장하지 않으면서 마음껏 표현할 수 있습니다. 혼자만의 공간에서 내 느낌, 내 감정, 내 생각, 어쩌면 참아왔던 감정이나 분노를 털어놓는 것이므로 지극히 안전합니다. 그래도 쓰기가 주저될 수도 있겠지요. 그렇다면 이름 대신 이니셜이나 별명 같은 걸 써놓고 심호흡을 합니다. 그리고 자신에게 거듭 일러줍니다. 보내지 않을 편지라고.

이 연습 역시 호흡으로 시작합니다. 숨을 길게 내쉬고 들이쉽니다. 몇 번 반복합니다. 그다음 말을 걸고 싶은 상대를 구체적으로 떠올립니다. 그 사람과 관련되어 내 감정이 요동쳤던 일을 기억해봅니다. 서두르지 말고 세부를 천천히 짚어나갑시다. 머릿속 장면이 점점 더 생생해질 것입니다. 상대가 실제로 눈앞에 있는 것처럼 여겨질 정도라면 더욱 좋습니다. 그에게 말한다는 느낌으로 쓰기 시작합니다. 이때는 내면에 쌓여 있는 감정을 토해놓는 것이 핵심입니다. 생각의 속도보다 쓰는 속도를 더 빠르게 해봅시다. 무슨 말이 나오든 검열하지 않습니다. 평소에 쓰지 않는 거친 표현이나 욕이 나와도 그대로 씁니다. 가슴이 뚫릴 때까지 비명을 지르고 욕을 하면서 써도 됩니다.

너의 냉정한 태도를 보니, 장장 일 년 동안 기울였던 나의 노력이 와르르 모래성처럼 무너지는 느낌이었다. '하늘이시여! 제발, 제발!' 참혹했다. 하늘이 무너져도 솟아날 구멍이 있다고 그 누가 말했던가? 구멍 같은 건 없다. 이것으로 끝장이었다. […]

이런 글쓰기의 핵심은 쓰고 난 뒤 절대 '보내지 않는

다'는 사실입니다. 그 점만 명확히 하면 내면에서 일어나는 망설임, 잔소리, 검열을 넘어서 참아온 분노, 깊숙이 묻어둔 감정들을 다 꺼내놓을 수 있습니다. 그러니 몇 번이고 자신에게 말해줍시다. 쓰고 나면 없애버릴 것이라고. 그래야만 깊은 속내를 드러내고 치유할 수 있습니다.

어쩌면, 쓰고 난 뒤 읽어보니 없애버리기엔 아깝다고 여겨질 수도 있습니다. 얼마나 힘들여 썼는데… 그렇다고 편지를 보내는 어리석은 짓은 하지 말기를. 없애버립니다. 밤에 쓴 편지는 아침에 보면 부칠 수가 없다는 말이 있듯 얼핏 괜찮은 것 같아도 괜찮을 리가 없습니다. 컴퓨

터나 패드에 파일로 썼다면 삭제한 뒤 휴지통 비우기까지 해서 말끔히 지우고, 종이 위에 썼다면 찢든 불태우든 혹은 변기에 넣어 물을 내려버리든 해서 없애버리세요. 그래도 역시 그 사람에게 말해야겠다 싶으면, 다시 써야 할 것입니다.

❈ '보내지 않을 편지'를 쓸 때 명심하기

검열하지 않습니다. 분노나 부정적인 감정은 묻어둔다고 그 힘이 사라지는 것이 아닙니다. 밖으로 분출하지 않으면 몸속 어딘가에 숨어 엉뚱한 데서 힘을 발휘하게 됩니다. 콤플렉스니 트라우마니 하는 것들이 그러합니다. 그것들이 밖으로 나올 기회를 주는 글쓰기입니다.

'보내지 않을 편지'는 누구에게 상처를 주려는 것이 아니라는 걸 명심합니다. 다른 사람을 공격하려는 게 아니라 나의 부정적인 감정을 해방시키려는 것입니다.

보내지 않을 편지는 사람이든 사물이든 무엇이든 상대로 해서든 써도 됩니다. 죽은 사람, 관계가 끊어진 사람에게 써도 되고 한때 선망했던 사물도 대상이 될 수 있습니다.

↯ '보내지 않을 편지' 치유적으로 쓰기

1단계: 상처 표현

분노나 비난하기로 편지를 시작합니다. '내가 옳았고 상대는 잘못했다'는 내 느낌을 솔직히 털어놓습니다. 이때, 결코 공정하게 쓰려고 노력하지 마십시오. 이성적인 판단은 잠시만 내려놓고 내 기분을 솔직히 표현하는 데 중점을 둡니다.

2단계: 나의 기분

내가 느낀 두려움이나 불안의 감정을 가감 없이 표현합니다.

3단계: 당시의 내 행동을 카메라로 찍듯이 나열하기

전후 사정을 세세하게 객관적으로 늘어놓는 데 중점을 두면 좋습니다.

4단계: 이해와 포용

충분히 표현하고 나면 이해와 관용의 감정이 들 것입니다. 그것을 표현합니다. 그러나 억지로 그래야만 하는 건 아닙니다. 3단계에서 그쳐도 괜찮습니다.

많은 문학작품들이 편지 형식을 이용해서 다양한 감정을 깊이 펼쳐내어 독자들의 공감을 얻었습니다. 편지 형식은 감정을 열기 쉬워 시작하기 수월합니다. 여러모로 응용할 수 있습니다.

　참고할 작품으로 자주 권하는 것이 수산나 타마로의 『흔들리지 말고 마음 가는 대로』입니다. 할머니가 어학연수를 떠난 손녀에게 보내는 편지 형식의 소설인데, '할머니-어머니-딸'로 3대에 걸친 가문의 비밀을 털어놓는 내용이 주를 이룹니다. 한국 작품으로는 김채원의 『겨울의 환』을 권하곤 했습니다. 연인에게 보내는 편지 형식의 작품인데, 어머니의 모성이며 결핍된 애정에 관해 가슴 시리도록 서정적으로 이야기하고 있습니다. 글쓰기 수업에 오신 분들도 이런 글들을 읽고 나면 "나도 (이렇게) 쓰고 싶고, 쓸 수 있을 것 같아요"라고 소감을 말하곤 합니다.

'내면 멘토'와의 대화

아메리카 인디언의 전승 중에는 몸의 속도와 영혼의 속도를 맞추라는 가르침이 있습니다. 인디언들은 빠르게 걷거나 달리게 되면 중간중간 잠깐씩 멈춰 서는데, 뒤처진 영혼이 몸을 쫓아올 수 있도록 기다리는 행동입니다. 몸과 영혼을 별개의 것으로 나눈 시각이지요.

주의집중을 시작하면, 그처럼 내면에 있는 또 다른 자기를 자각하게 됩니다. 지켜보는, 알아차리는 자기 자신입니다. 어렵거나 곤란한 문제에 부닥치면 우리는 외부에서 조언자를 찾으려고 하지만, 일단 내면에 있는 자기 자신과 대화를 나눠보면 의외의 통찰을 얻을 수 있습니다.

아이들은 잔소리를 듣고 자란다고 합니다. 어른들이 알려주는 것이나 지시, 혹은 가르침과 격려를 받아 이런 상황에서 어떤 행동을 하고 혹은 하지 말아야 하는지 알고 새기게 됩니다. 그것을 훈육 및 학습, 배움이라고 부릅니다. 그렇게 자라오다가 어느 순간, 어른들의 말에 저항하는 시기가 옵니다. 자의식이 강해지는 사춘기입니다. 외부에서 주어지는 잔소리를 거부하는 대신 내면에서 잔소리가 시작됩니다. 몇몇 특별한 사람만 그런 게 아닙니다. 자의식이 있는 한은 다 그렇습니다. 대부분의 사람들이 신경이 곤두서거나 어렵고 중요한 문제에 부닥치면 긴장해서 자기도 모르게 내면의 잔소리 모드를 켭니다. 그 잔소리는 당사자만 듣는 게 보통이지만 때로는 외부 사람들에게 들리도록 입말로 소리 내어 나오기도 합니다. 메타인지가 멘토가 되어 자기 자신에게 가르쳐주는 충고인 셈입니다.

'자자, 흥분하지 마. 그럴 일이 아니야. 괘씸하지만 그에게도 사정이 있었을 거야.'

'이건 핀셋을 가져와 꺼낼 수 있어. 그런 다음에 드라이버로 돌려서 맞추면 쉬울 거야.'

'내일 영철이에게 고맙다고 말하는 거 잊지 마. 말로만 하지 말고 커피라도 사는 편이 내 뜻을 확실하게 전할 수 있지 않을까?'

이렇듯 자신을 관찰하는, 또 다른 내면 자기를 나의 멘토라고 생각할 수 있습니다. '내면 멘토'의 목소리를 키우기 위해 글을 쓰는 연습을 해봅시다.

일단 주의집중을 위해 자신의 호흡을 지켜봅니다. 인디언들이 걸음을 멈추고 기다리듯 평온하게 내면 멘토의 목소리가 시작되기를 기다립니다. 나를 평온하게 만드는 장면 하나를 정해서 그 장면 속에 있다고 상상하면 더 쉽습니다. 5분쯤 호흡을 지켜보아 평온해졌다면 글을 쓰기 시작합니다.

글은 네트 너머로 공을 치고 받듯 한 줄은 내가 궁금한 것을 묻고 한 줄은 대답하는 형식으로 씁니다. 종이를 세로로 이등분하여 오른쪽과 왼쪽으로 말을 주고받는 형식도 좋습니다. 시나리오나 드라마 대본처럼 주고받는 대화가 계속 이어지도록 씁니다. 많이 생각하다 보면 뻔한 내용이 나오므로 떠오르는 대로 그냥 쓴다는 자세가 필요합니다. 프리라이팅이든 내면 멘토와의 대화든, 자신을 믿고 마음을 열어야 통찰력 있는 답이 나옵니다.

머릿속 대화를 굳이 글로 쓰는 이유는, 머릿속에서 떠드는 대로 그냥 두면 흐지부지 사라져버리기 때문입니다.

악(나)	선(메타인지)
나는 무섭고 황량한 섬에 떼밀려 와 구출될 가망이 전연 없다.	그러나 나는 살아 있고 배의 동료 들처럼 익사하지 않았다.
난 오직 혼자 선택되어, 말하자면 이 세상에서 완전히 격리되었고 비 참한 생각을 하고 있다.	그러나 나는 또 배의 승무원 전원 속에서 뽑혀 죽음을 면하고 있다. 나를 죽음으로부터 기적적으로 구 해준 신은 이 상황에서 나를 구출 할 수가 있을 것이다.
나는 인간이란 동료들로부터 떨어 져 나와 고독자가 되었고 인간 사 회로부터 추방된 사람이 되었다.	그러나 나는 생명을 지탱해주는 것 이라고는 없는 불모의 땅에서 굶어 죽는 그런 위험에 아직까지 처하지 는 않았다.
나는 몸에 걸칠 의류라고는 가진 것이 없다.	그러나 나는 열대 지방에 있고 설 령 의복을 갖고 있다 하더라도 거 의 몸에 걸치지 않을 것이다.
나는 인간이나 야수로부터의 폭력 에 대하여 그것을 막을 방법이 없 고 저항할 힘도 없다.	그러나 나는 나 자신을 해칠 만한 야수의 모습이라고는 보이지 않는 섬에 표착한 것이다. 만약 배가 아 프리카에서 조난되었더라면 어떻 게 되어 있을까?
나의 얘기를 들어주거나 나를 도와 손을 빌려줄 사람이 없다.	그러나 신이 기적적으로 배를 해안 가까이 떼밀어주었기 때문에 당분 간의 필요를 채울 수 있게 되었을 뿐 아니라, 나 자신이 천명을 다할 때까지 자급자족하는 데 필요한 많 은 물건들을 실어올 수 있었다.

대니얼 디포의 소설 『로빈슨 크루소』에 나오는 자기와의 대화 부분입니다. 무인도에 표류하게 된 로빈슨이 이런 대화로 절망감을 이겨내고 20여 년의 무인도 생활을 해냈다는 설정입니다.

이 소설이 나온 지 200여 년이 지난 후, 이에 착안하여 내면 자기와의 대화가 주는 유익으로 우울증을 치유하는 심리요법도 생겼습니다. 아론 벡Aaron Beck 박사가 창안한 인지요법입니다. 이 인지요법에서는, 고민되거나 망설여지는 일이 생기면 상담실을 찾기 전에 일단 자기와 대화를 해보라고 권하고 있습니다.

또 게슈탈트 심리학의 빈 의자 기법도 이와 유사합니다. 의자 두 개를 마주 놓고 각각의 의자에 앉는 사람을 정합니다. 예를 들어 나와 어머니라고 한다면 내가 한쪽 의자에 앉아 맞은편에 어머니가 앉아 있다고 상상하면서 어머니에게 묻습니다. 그런 다음 내가 어머니 역할의 의자로 옮겨 앉아서 내가 던진 질문에 대한 답을 한다는 형식입니다. 그렇게 양쪽 의자에 번갈아 앉아가며 1인 2역의 대화를 하다 보면 필요한 통찰을 얻을 수 있다는 것입니다.

읽는 이를 사로잡는 글을 쓰려면 에너지가 넘쳐야 하는데, 그러려면 긍정 표현을 쓰라는 주장이 있습니다. 그러기 위해 제가 권하는 연습 방법도 이와 비슷합니다. 먼저, 종이를 세로로 나누어 반으로 접습니다. 그리고 오른쪽에는 반대, 왼쪽에는 찬성이라고 적어요. 반으로 접은 종이의 오른쪽 부분, 즉 반대 부분이 위로 올라오게 한 다음 자신에 대해 불만인 점을 죽 적습니다. 그런 다음 접었던 종이를 펴서 이 표현들을 긍정적으로 다시 바꾸어 적어봅니다. 아래에 예를 들어보겠습니다.

찬성	반대
나는 쉴 줄 아는 사람이다.	← 나는 게으르다.
나는 관심사가 다양하다.	← 나는 변덕이 심하다.
나는 다른 사람들을 배려한다.	← 나는 다른 사람들 눈치를 본다.
나는 겸손한 자기판단을 하고 있다.	← 내가 쓸모없다는 생각이 자주 든다.
...	...

이때 유의할 점은, 긍정 표현을 한답시고 전혀 다른 내용으로 바꾸는 건 도움이 안 됩니다. 예를 들자면 '게으

르다'를 '부지런하다'로 표현한다든지, '변덕이 심하다'를 '창조적이다'로 엉뚱하게 바꾸면 도움이 되지 않습니다. 진심으로 받아들이기 어려운 말은 표면을 맴돌다가 미끄러져 사라지기 때문이죠.

같은 내용을 두고 표현하되, 부정적인 표현을 긍정적인 표현으로 해보는 것입니다. 나의 경우 자신을 변덕이 심하다고 자책하다가 관심사가 다양할 뿐이라고 생각을 바꾼 후 그런 자책감을 내려놓게 되었습니다. 자신이 못났다는 생각이 들 때, 의기소침해질 때, 자신을 자꾸 깎아내려 움츠러들 때, 자존감이 바닥을 친다고 느껴질 때 등등, 종이 한 장을 꺼내 표현 바꾸기를 해보면 자신을 보듬고 격려해줄 수 있습니다. 기운이 납니다. 할 수 있다면 몇 번이고 하면 좋겠습니다. 자꾸 하다 보면 사고 패턴이 긍정적으로 바뀌어 인생이 달라지는 경험을 하게 될 것입니다.

글로 쓰는 내면 자기와의 대화도 마찬가지입니다. 자신의 이름과 성을 붙여 두 사람이 대화한다는 느낌으로 써볼 수도 있고, 인디언들처럼 '내면 자기'를 '영성Spiritual'이라 불러도 됩니다. 만약 김지연이라는 인물이 있다면,

최근의 고민을 이렇게 털어놓을 수 있겠지요.

> 지연: 요즘 들어서 계속 회사 다니는 일이 부질없다는 생각이 들어.
> 영성Spiritual 김: 정확히 언제부터 그런 생각이 들었던 것 같아?
> 지연: 음…, 가만히 생각해보니 경수가 대학원에 합격했다고 한턱 냈던 날 이후였던 것 같아….

고민을 털어놓고 내면의 통찰력을 일깨우는 것이 핵심입니다. 처음에는 어색하거나 서투르게 느껴지겠지만, 느낌은 느낌대로 두고 무조건 쓰다 보면 여느 멘토와 상담하는 것 못지않은 결과가 나올 수 있습니다. 몇 쪽을 쓰든 말이 다 나왔다고 느껴질 때까지 충분히 써야 깊이 있는 통찰까지 다다르게 됩니다.

4. 메타인지 글쓰기를 도와줄 기법
구체적으로 쓰기

"저는 어렸을 때 마음 그릇을 키워서 인격자가 되겠다고 결심했어요. 장래 희망을 발표할 때 친구들은 '과학자' '대통령'처럼 대답하는데, 저는 '인격자'라고 답하니 학급에서 와그르르 한바탕 웃음이 터지기도 했어요.

아마도 외할아버지 영향이 있었을 거예요. 할아버지께서 교장 선생님이셨거든요. 방학 때 외갓집에 가면, 동네에선 교장 선생님 외손녀라며 무척 대우를 해주셨어요. 다들 할아버지를 '인격자'라고 했어요. 동네 사람들이 할아버지를 존경한다는 걸 느낄 수 있었어요. 그래서 나중에 커서 '인격자'가 되겠다고 했던 것 같아요.

초등학교 때 인격을 닦으려면 자기를 알아야 하고 자기를 알려면 일기를 써야 한다고 배웠어요. 그때부터 지금까지 일기를 써왔어요. 물론 안 쓸 때도 있었지만 그래도 꾸준히 써왔다고 할 수 있어요. 그런데!"

하영경(가명) 씨가 비장하게 이야기하다가 갑자기 말을 뚝 끊더니 픽 웃었습니다. 에세이 수업에 함께하던 사람들은 놀라며 그의 말이 이어지길 기다렸습니다. 잠시 틈을 두었다가 영경 씨는 빠르게 말을 덧붙였습니다.

"자기를 돌아봤더니 인격 도야가 되기는커녕 우울증만 심해진 거 같아요."

사람들은 어리둥절해서 서로 쳐다보았습니다. 저도 귀를 쫑긋했습니다.

"정말이에요. 오늘도 여기 오기 전에 옛날에 쓴 일기들을 대충 훑어봤어요. 고3 때 일기였는데, 매일매일 엄청 힘들고 슬펐던 것처럼 쓰여 있잖아요. 그런데 기억해보면, 그때 그 정도로 힘들거나 슬프지는 않았거든요."

"왜 실제하고 일기 내용이 차이 나는 것 같아요?"

제가 물었습니다.

"글쎄요. 일기를 쓰는 건 보통 기분이 처지는 날, 우울한 날이라서 그런 거 아닐까요? 기쁜 날은 붕 떠서 일기 같은 걸 쓰게 되진 않잖아요. 기분이 가라앉을 때 차분하게 앉아 뭔가를 끄적거리게 되더라고요."

그럴 가능성이 있습니다. 기분 나쁜 일은 곱씹으면 씹을수록 기분이 점점 더 나빠지게 돼 있습니다. 에세이 반강의를 맡기 시작한 초기(사실은 상당 기간이 지난 뒤까지도) 첫 번째 과제의 키워드로 '내가 가장 슬펐던 일'을 내놓곤 했습니다.

글 잘 쓰는 기법 가운데 중요한 것 하나가 '구체적으로 쓰기'입니다. 읽는 이의 마음을 움직이는 인상적인 글과 평범한 글의 차이는, 얼마나 구체적으로 사례를 제시하느냐에 달려 있기도 합니다. 더구나 1인칭 '나' 주어로 문장을 써나가게 되는 일상 에세이에서는 개인적이고 구체적으로 쓰는 것이 정말 중요합니다.

나는 어렸을 때 싸움꾼이었다.

이 문장을 보면, 읽는 이들은 글쓴이가 싸움꾼이었다는 의견(판단)은 알아도, 글쓴이가 실제로 싸움꾼이었다는 데에 깊이 공감하지는 못합니다.(읽는 이들은 '싸움꾼이란 것은 글쓴이의 생각뿐이지 않을까'와 같이 반응할 수 있습니다.)

그러면, 좀 더 구체적으로 써봅시다.

나는 싸움꾼이었다. 초등학교 3학년 때 짝이었던 이성호라는 남자

애의 머리통을 때려서 피가 나게 만든 적이 있다.

많이 나아졌습니다. 처음 문장보다 구체적이지만, 이 정도로는 읽는 이의 공감을 끌어내기에 많이 부족합니다. 그렇다면 더욱 자세하게 세부사항을 늘어놓고 다시 읽어 봅시다.

나는 싸움꾼이었다. 초등학교 3학년 가을 어느 날, 음악 수업이 끝나고 쉬는 시간이었다. 짝이었던 이성호가 뒷자리 아이에게 속삭이고 있었다. 내 머리가 더럽다, 냄새가 난다는 것이었다. 나뿐 아니라 반 전체에 들릴 정도로 큰 목소리였다. 나는 책가방에서 물건을 찾는 척 고개를 수그리고 있다가 벌떡 일어나 들고 있던 리코더로 이성호의 머리를 내리쳤다. 머리통을 누른 성호의 손바닥 밑으로 피가 흘렀다. 그 순간, 내가 느낀 것은 두려움이나 겁이 아니었다. 내 머릿속엔 오직 학급 아이들이 날 따돌리는 게 이성호의 이간질 때문이었단 생각뿐이었다.

이 정도는 되어야 읽는 이의 머릿속에 전후 사정이 그려져 감정이입을 할 수 있습니다. ('나 같아도 분했을 거야. 그래도 참지 않고 남자애에게 맞섰다니 정말 용감하네' 등등의 공감이 될 것입니다.)

구체적으로 쓰기는 쉬울 것 같지만 의외로 실행하기 어렵습니다. 학교에서나 집에서나, 우리 사회 전반에서는 "됐고! 그래서 하려는 말이 뭔데?"라는 식으로 요점부터 말하라고 재촉받는 문화가 있습니다. 특히, 문화적으로 남자의 경우에 어려서부터 세세하고 길게 전후 사정을 설명하면 말 많다고 핀잔 듣는 경우가 많습니다.

말과 글은 다릅니다. 말을 할 때는 표정이나 몸짓, 태도, 분위기 같은 것이 의사전달에 큰 비중을 차지합니다. 그래서 내 뜻이 덜 전달된 것 같거나 듣는 이가 덜 납득한 눈치가 보이면 그 반응에 따라 적절하게 덧붙이고 보충설명을 이어갈 수 있습니다. 그러나 글은 그럴 수가 없습니다. 상대의 반응을 봐가면서 말을 더하거나 다듬을 수가 없는 것입니다.

그 때문에 나는, 초고를 수정할 때 읽는 이가 감정이입하기를 바라는 부분에다 빨간 펜으로 표시를 해보라고 권합니다. '예를 들면' 같은 말을 살짝 써놓으면 초고를 바탕으로 글을 완성할 때 그 부분을 최대한 구체적으로 펼쳐야 한다는 걸 다시 새기게 됩니다.

구체적으로 쓰는 연습으로 '슬펐던 일'을 기억해서 되살리기만 한 게 없습니다. 시간의 흐름은 상대적입니다. 자동차도 속력을 높여 운전하면 시야가 앞에 집중돼 주변 풍경이 눈에 잘 들어오지 않습니다. 빠르게 지나간 순간은 디테일이 흐릿합니다. 따라서 구체적으로 디테일을 하나하나 떠올리면서 쓰는 연습은 '슬펐던 일'로 하는 게 알맞습니다.

그런데 문제가 있습니다. 슬픈 일을 떠올려 구체적으로 기억해내려고 쥐어짜다 보니 기분이 점점 처지고 우울해

집니다. 그러다 보니 글쓰기 수업에 참여하려는 의욕도 줄어들게 됩니다. 또 계속 참여한다 하더라도 정신건강에 좋을 리 없습니다. 나쁜 기억을 감당할 내공이 부족할 때는 그러합니다. 그래서 슬펐던 일을 쓰게 하는 대신 자신 감이 뿜뿜했던 순간, 가슴이 뿌듯했던 순간 등등, 기쁨이나 긍지를 되새김질하는 쪽으로 키워드를 바꾸어보았습니다. 역시 슬펐던 일을 쓰는 것보다는 사무치는 감정의 층은 덜 분화되어 표현되는 듯합니다.

일기 쓰기의 방법을 널리 알리고 싶다고 생각이 든 건 하영경 씨의 사연을 듣고서부터였습니다. 그동안 학교에서 가르쳐온 일기 쓰기는, 자기 자신을 탐색하고 인격을 도야하는 방향과는 거리가 좀 멀어 보였습니다. 나쁜 일을 자꾸 곱씹게 하는 방식, 없던 우울증도 생기게 만드는 방식이 아닐까 싶습니다.

○월 ○일 맑음

출근했다. 몸은 출근이 아니라 퇴근 때의 상태 같다. 무겁고 아프고 졸리고 피곤한 상태. 커피를 한잔 마셨지만 카페인으로 달래질 상태가 아니다. 내 삶이 어쩌다 이렇게 됐을까? 아, 벗어나고 싶다. 이 일 지옥에서. 야근 야근 야근. 월 화 수 목 금금금의 생활에서 탈출하고 싶다.

잔뜩 인상을 쓰고 있는데 옆자리 최현욱 씨가 말했다. 불평하지 마세요. 어디를 가서 무슨 일을 하든 기본은 해야 되는 거예요. 난 거친 그의 말에 상처를 입고 인상을 썼다. 최현욱 씨는 얼른 눈길을 피하며 돌아앉았다. 거친 행동 뒤에 숨어 있는 그의 여린 모습을 보았다. 나만이 볼 수 있는 어린애와 같은 면이었다. 쏘아붙이고 나서 생각해보니 그의 말이 옳았다. 기본적이면서도 꼭 필요하다고 할 수 있는 일인데, 왜 내겐 이렇게 힘들고 내키지 않을까? 남들은 신경 쓸 거 없는데. 아무도 나에게 관심이 없을 텐데. 내가 어쩐다고 세상 바뀌는 거 하나도 없는데….

보통은 이렇게 일기를 쓸지도 모릅니다. 내 감정에 충실하면 되는 거라고 자위하며 내 생각을 죽 늘어놓습니다. 생각은 이럴 수도 있고 저럴 수도 있는 거니까. 그런데 이렇게 쓰면 나중에 다시 읽어보았을 때 자신을 발견하기 힘듭니다. 자기를 돌아보고 한 걸음 더 성장하고 싶다면, 객관적인 사실과 주관적인 의견을 구분해서 적는 법을 익혀야 합니다. 자, 다음 질문에 가능한 한 사실만으로 답해봅시다.

1. 만났을 때 최현욱 씨의 모습은 어땠는가?

2. 그가 어떤 태도였고 어떻게 행동하는 것으로 나의 눈에 비쳤는가?

3. 최현욱 씨와 나는 어떤 말을 주고받았는가?

객관적으로 세세하게 관찰한 사실을 씁니다.('지금-여기' 글을 쓸 때처럼 내 오감에 들어온 것들을 세세하게 나열합니다.)

이제는, 내 느낌이나 생각, 내 의견을 덧붙여 씁니다.

4. 그때 난 어떤 느낌이 들었는가?

5. 나는 무슨 생각을 했는가?

6. 그래서 어떤 결론을 내리게 되었는가?

여기서 중요한 점은, 내 판단, 의견, 생각, 느낌, 인상, 소감을 앞세우지 말고 최대한 객관적으로 사실을 열거하는 것입니다. 그래야 나중에 일기를 다시 읽으면서 자기를 발견할 수 있습니다.

'아, 나는 상대가 살짝 미소를 띠고 말하면 비웃는다고

여기는구나. 세상사가 선의로 보이기보다 부정적인 판단
이 먼저 내려지고 있네.'

'나는 사람들이 나 없이 자기네들끼리 이야기하고 있
는 걸 보면 혹시 내 뒷담화를 하는 게 아닌가 하고 불안
해하고 불쾌한 감정을 느끼네. 뒷담화 문제에 내가 매우
예민하구나. 혹시 이와 관련되어 내가 과거에 어떤 상처
를 받아서 이렇게 예민해지는 건 아닐까?'

내 눈에 보이는 것, 내 귀에 들리는 것, 내가 느낀 촉감,
내가 맡은 냄새, 내 입맛에 어떤가를 살펴봅시다. 일반적
으로 달다고 하는 음식도 내겐 쓸 수 있고, 남들은 조화
롭다고 하는 음악도 내겐 소음으로 들릴 수 있습니다. 남
들이 뭐라든 '나는 이렇게 느껴진다'에 자신을 가지세요.
내 느낌이 보편적인 것이라고 무조건 주장해서도 안 되
지만, 그렇다고 그저 남들 말을 그대로 따라 나도 그렇다
고 하면 안 됩니다. 일기는 나의 오감대로 쓰는 것입니다.
이렇게 나의 감각이 세밀하게 나열된 일기라면, 나중에
죽 읽어보았을 때 자신이 어떤 사람인지 발견할 수 있습
니다.

사실과 의견을 나누어 쓰기

정확. 명료. 간결.

좋은 문장의 특성입니다. 정확하게 쓴다는 의미에는, 사실과 의견을 구분해서 쓴다는 뜻이 포함되어 있습니다. 우리 모두 알고 있듯 '사실'은 실제로 있는 것입니다. 나의 오감에 들어오는 정보만 찬찬히 늘어놓는다고 생각하면 쉽습니다. 현실에 존재하는 것, 누구나 쉽게 알 수 있어 쉽게 동의하게 되는 것입니다. 의견이란 사실이 먼저 존재하고 그에 근거해서 나오는 것입니다. 의견은 사람에 따라 다를 수 있습니다. 사실을 접하여 '내'가 생각한 것, '내'가 느낀 것이 의견이 됩니다. 그렇다거나 아니라거나, 동의한다거나 반대한다거나 하는 반응입니다.

그러므로 사실은 최대한 정확하게 쓰는 것이 중요합니다. 사실을 충분히 제시하고서 그에 근거해서 소감 혹은 의견을 내놓으면 읽는 이를 쉽게 설득할 수 있습니다. 읽는 이가 그 정경을 그려볼 수 있도록 구체적이고 정확하게 객관적으로 사실들을 늘어놓은 다음, 그 사실에 근거해 나온 소감이나 의견을 간결하게 덧붙이면 정확한 문장이 됩니다.

사실을 쓸 때는 하나의 정보는 하나의 문장으로 쓰나 수식어는 최소한으로 줄입니다.(대체로 수식어나 수식어구는 의견을 표명하는 내용인 경우가 많습니다. '아름다운 영희'라는 구절에서 '아름다운'이란 수식어는 나의 의견입니다.) 사실은 구체적으로 객관적으로 쓸수록 정보 가치가 높아지고 설득력도 강해집니다. 그래서 사실은 구체적이면서도 있는 그대로 담담하게 객관적으로 써야 합니다.

의견을 쓸 때는 항상 사실을 염두에 둬야 합니다. 사실을 떠난 상념을 늘어놓으면 글이 막연해지고, 생각이 사실과 관련 없이 비약되어 글에 대한 신뢰가 떨어집니다. 구체적으로 사실들을 죽 늘어놓은 다음 거기에서 의견을 끌어내는 식으로 씁니다. 의견을 쓸 때는 중언부언하지 말고 요약하듯 간결하게 쓰면 정확한 문장이 됩니다.

사실을 늘어놓는 부분에서 의견이 뒤섞이거나 흐름이 갑자기 뒤바뀌지 않도록 순서에 신경 씁니다. 특히 처음에 의견이라고 내놓고 나서 도중에 그것이 사실인 양 얼

렁뚱땅 버무려버리면 안 됩니다. 그렇게 되면 글이 일관
성을 잃고 설득력도 떨어집니다. 사실과 의견을 분리해서
말을 정돈하면 애쓰지 않아도 글에 설득력이 생깁니다.

　의견을 내놓을 때는 사실을 냉정하게 분석하고 판단해
서 논리적인 흐름을 타게 만들면 더욱 좋습니다. 이런 부
분이 허술하면 그 글에서 제시한 사실까지도 의심스러워
보이게 됩니다. 의견을 쓰는 법에 익숙지 않다면, 의견을
쓸 때 '~라고 생각한다'와 같은 서술어를 붙여봅시다. 만
약 '생각한다'는 말이 자기도 모르게 자꾸 반복돼 쓰인다
면, 이 단어를 대신할 동의어를 찾아서 써봅니다. 때로 하
나의 문단 안에서 '생각한다'는 말이 반복되면 생략하는
데, 대신 문단을 시작하는 문장과 끝내는 문장에서만 '생
각한다'라는 서술어를 넣기도 합니다.

　예를 들면 '밥 먹어라'는 친절에서 나온 말이겠지만 사
실이 아닌 의견의 말입니다. '식사 때가 되었다' '밥상을
차려놓았다'가 정보를 알려주는 사실의 말입니다.

　앞에서 '지금-여기'를 연습했다면, 사실을 죽 나열하는
글쓰기는 어렵지 않을 겁니다. 그런 다음 나의 소감이나
의견을 덧붙이면 됩니다. 어떤 글을 쓰든, 각각의 문장들
이 사실인지 의견인지 구분하는 습관을 가지면 좋습니다.

① 봄이 되고 옷이 얇아지면 슬슬 다이어트 환자들이 하나둘 나타난다.

② 진료실 문이 열리고 큰 곰 한 마리가 들어오는 것 같았다. ③ 얼굴에도 성인 여드름이 턱 주변으로 잔뜩 돋아나 있었다. ④ 키가 170cm에 90kg이 넘는 거구였다. ⑤ 나는 오히려 의욕이 넘쳤다. 곰의 몸 안에서 사슴 한 마리가 보였다.

⑥ 엄마 손에 이끌려 왔다. 엄마가 대변인이다.

"한 20킬로 이상 뺄 수 있을까요?"

⑦ 정작 본인도 의지가 있어서 왔는지 궁금했다.

⑧ 말없이 고개를 끄덕였다. ⑨ 표정은 무표정이었지만 손에 힘이 들어가고 어금니를 깨문 듯 보였다.

🍃 정확한 문장으로 수정한 예

① 봄이 되고 옷이 얇아지면 다이어트 환자들이 하나둘 나타난다.

② 진료실 문이 열렸다. 모녀가 나타났다. 나도 모르게 딸 쪽으로 시선이 갔다. 20대 초반 대학생인 듯했다. ③ 키 170cm에 체중은 90kg이 넘어 보였다. ④ 턱 주변엔 성인 여드름이 잔뜩 돋아나 있었다.(사실을 늘어놓을 때는 중요한 것, 눈에 먼저 들어오는 것부터 혹은 전체 모습에서 세부로, 혹은 개략적인 것

에서 디테일한 것으로 순서를 지켜서 쓸수록 읽을 때 걸림 없이 눈에 들어옵니다. 물 흐르듯 읽히는 것이 중요합니다.) ⑤ 보기가 안쓰러웠다.(정보를 충분히 나열했으면 그 정보들에 대한 내 의견을 밝힙니다.)

"한 20킬로 이상 뺄 수 있을까요?"

엄마가 물었다.(세 명이 등장하는 상황이므로 대사를 누가 말했는지를 밝힙니다.) ⑥ 엄마가 대변인이다. 엄마 손에 이끌려 온 듯했다.(그 행동에 대한 내 의견을 덧붙입니다.) ⑦ 정작 본인도 의지가 있는지 궁금했다. 내가 물었다.

"정말 살 빼고 싶어요?"(다음 ⑧번 문장이 나오려면 여기서 질문이 나와야 합니다.)

⑧ 그녀는(주어가 생략되면 안 됩니다) 말없이 고개를 끄덕였다. ⑨ 무표정했으나 손에 힘이 들어가고 어금니를 깨물었다. ⑩ 투지가 느껴졌다. 곰의 몸속에서 사슴 한 마리가 보였다.(거기까지 그려놓은 상황을 두고 그에 대한 내 생각이나 판단을 밝힙니다.)

나의 페르소나를 알아보는 글쓰기

네 가지 관점에서 나를 소개하기

꿈일기 쓰기

콤플렉스를 발견하는 글쓰기

나의 그림자 쓰기

나의 부모와 관련된 기억 적어보기

나의 이상형 묘사

너무 고통스러워서 마음 깊이 내려보낸 경험

진짜 '나'를 찾아 나의 성격 탐구하기

2부

내가 누구인지 나도 궁금해

— 치유의 메타인지 글쓰기

1. 나의 기질 탐구하기

그동안 우리는 직관에 따라 나를 탐사하면서 메타인지를 키우는 글쓰기를 해보았습니다. 그 결과 '나다운' 느낌, 욕망, 기분 등 주관적인 마음 영역을 관찰, 조감했을 것입니다.

이번에는 좀 더 깊이 들어가서 심리학자들의 이론을 바탕으로 마음을 관찰, 탐구하는 치유의 메타인지 글쓰기를 해보려 합니다. 인간의 마음에 관해 심리학자들이 연구해놓은 이론을 알아보고, 그들의 분석을 틀로 삼자는 뜻인데, 그 틀에 따라 '내' 마음의 여러 요소들을 글로 표현해보면 자신의 기질이며 성격에 대해 밝은 눈을 가질 수 있습니다.

사람은 기질과 성격이 모두 다 다릅니다. 같은 환경에서 같은 자극을 받으면서 성장하더라도 성인이 되었을 때의 모습은 다릅니다. 형제들은 물론이고 같은 유전자를 가졌다는 일란성쌍둥이조차 각기 다른 모습으로 성장합니다. 한때, 학자들 사이에서는 사람의 기질과 성격이 타고난 것인지 환경에 따라 학습된 것인지 논의가 분분했습니다. 각기 다른 가정에 입양되어 성장한 일란성 쌍둥이, 또 같은 환경에서 자란 일란성 쌍둥이에 대한 연구도 많이 나왔습니다.

기질과 성격은 환경을 받아들이는 기본 조건입니다. 따라서 자신의 기질과 성격을 알아야 내 마음에서 일어나는 갈등과 어려움을 컨트롤할 힘이 생깁니다. 마음은 사고와 감정을 포함한 의식 작용을 넘어 무의식, 종교인이라면 영성spiritual까지도 지칭한다고 하겠습니다.

그런데 마음이 어떤 것이고, 실제 어떻게 생겼으며, 어떻게 작용하고 있는가 하는 문제로 들어간다면 사람들은 자신의 경험에 따라 다양한 대답을 내놓을 것입니다. 마치, 바람을 본 사람은 없어도 그 바람이 작용해서 일어나는 자연 현상을 산들바람, 폭풍, 태풍, 토네이도 등 여러 가지로 말하는 것처럼.

눈으로 보이지 않아서 해명하기는 어렵지만 존재함이 확실한, '마음'의 실상을 연구하기 시작한 것은 그리

오래되지 않았습니다. 오스트리아의 지그문트 프로이트(Sigmund Freud, 1856~1939)라는 이가 정신분석학이라는 학문을 정립한 것이 불과 100여 년 전 일입니다. 그전에는 마음이라는 것이 막연하게만 알려져 있었습니다. 그러다 보니 마음이 뇌에 있다는 둥 심장에 있다는 둥, 논의가 분분했습니다.

프로이트는 히스테리와 실수를 연구한 끝에, 인간의 마음에는 우리가 평소에는 알지 못하는 무의식이라는 거대한 영역이 있고, 인간이 하는 행동의 대부분은 의식보다는 무의식의 영향을 더 크게 받고 있으며, 그 무의식은 태어나서 세 살이 될 때까지 90% 이상 만들어진다고 주장하여 서구 세계에 충격을 주었습니다. 그 후 심리학은 주요 학문의 하나로 연구되기 시작했습니다.

나를 돌아보기 위해 심리학을 자세히 알 필요까지는 없습니다. 다만, 여기서 이야기하려는 내용이 프로이트를 이은 카를 구스타프 융(Carl Gustav Jung, 1875~1961)이란 학자의 이론에 기댄 것이라는 사실 정도는 알려두고 시작하고 싶습니다.

카를 융은 1875년 스위스에서 태어나 1961년까지 살다 세상을 떠난 정신과 의사입니다. 사람의 마음속엔 당

1909년 미국 클라크 대학 초청으로 미국을 방문한 지그문트 프로이트. 아래 왼쪽부터 시계 반대 방향으로 프로이트, 스탠리 홀, 카를 융, (윗줄)산드로 페렌치, 어니스트 존스, 에이브러햄 브릴.

사자도 잘 모르고 통제하기 어려운 힘이 있는데, 그것을 콤플렉스라고 명명하여 유명해졌습니다. 처음에는 프로이트의 뒤를 이어 정신분석학을 이끌어 갈 것으로 기대되었으나, 점차 프로이트와 견해를 달리하게 되어 분석심리학이라는 나름의 이론을 정립했습니다. 융의 이론을 바탕으로 사람의 마음을 연구하는 후대 심리학자들은 '융학파'라고 불렸습니다.

　융은 사람의 마음 전체를 가리켜 퍼스낼리티라고 했습

니다. 자기self 또는 '인격'이나 '인품'이라고 해야겠지만, 여기서는 인간에게서 몸을 제외하고 정신 전부, 혹은 우리가 가지고 있는 마음 전체를 가리키는 용어로 쓰겠습니다.

융의 견해에 따르면, 인간은 태어날 때 하나의 전체로서 퍼스낼리티를 갖고 태어나는 것이지, 살면서 경험한 부분들이 모두 모여서 하나의 퍼스낼리티를 이루는 것은 아니라고 합니다. 인간은 백지 상태로 태어난다는 주장이 있습니다. 사람의 마음은 아무것도 쓰여 있지 않은 하얀 종이와 같다는 것입니다. 그 위에다 태어난 후 경험한 것들이 그림을 그려놓게 되고 그것이 그 인간의 마음, 정신, 인격이라는 주장입니다.

융은 이에 반대합니다. 인간이 태어나서 경험한 것, 학습한 것들을 하나도 빼놓지 않고 모두 모은다고 하더라도 그것이 그 인간 마음의 전체가 되지는 못한다고 합니다. 사람은 태어날 때부터 저마다의 기질이랄까 성향이랄까 아무튼 그러한 '무엇'을 갖고 있는데, 그것은 사람마다 제각기 다르며, 일란성 쌍둥이조차 같지 않습니다. 그렇기 때문에 똑같은 환경에서 똑같은 경험을 하면서 성장하더라도 그 환경과 경험을 해석하고 받아들이는 방식이 달라지고 그 결과 사람마다 퍼스낼리티는 다르게 형성된다는 것입니다.

가난한 가정환경에서 힘들게 성장한 두 사람이 있다고 해볼까요. 그 중 한 사람은 그런 경험을 자양분으로 삼아 노력하여 가위 '의지의 한국인'이라 불러도 될 정도로 성공합니다. 그런데 다른 한 사람은 어려운 환경을 원망하여 반사회적 범죄자가 되기도 합니다. 사람마다 타고난 잠재적 가능성이 다르기 때문에 이런 차이가 생긴다는 것입니다.

융은 퍼스낼리티에 대해 이렇게 결론 내렸습니다.

"사람이 일생을 통해서 해야 할 일은, 자신이 타고난 전체성을 일관성 있고 조화롭게 발달시키는 것이다. 뿔뿔이 흩어져서 제멋대로 움직임으로써 내면에서 갈등을 일으키는, 즉 여러 체계로 분열되고 분해된 퍼스낼리티는 삐뚤어진 퍼스낼리티다."

퍼스낼리티는 크게 세 영역으로 나눌 수 있습니다. 의식, 개인 무의식, 집단 무의식. 마음의 모습을 한눈에 파악할 수 있도록 단순화시킨 다음 쪽의 그림 〈마음의 지도〉를 참고해보세요.

여기서는 사람의 마음을 원이라고 가정했을 때 의식과

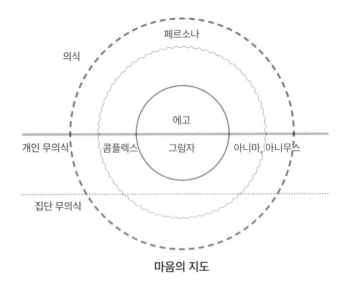

마음의 지도

무의식이 절반 크기로 나뉘는 것처럼 그려놓았지만, 실제로 우리의 마음에서 무의식이 차지하는 영역은 의식의 영역보다 훨씬 큽니다.

'빙산의 일각'이라는 말 아시지요. 바다 수면 위로 떠올라 보이는 빙산 아래로 열 배 이상 큰 부분이 바다 밑에 잠겨 있답니다. 의식과 무의식의 관계도 이와 같습니다. 수면 위로 올라와 눈에 보이는 부분을 의식이라 한다면, 수면 아래 잠겨 있어서 존재한다는 막연한 느낌은 있지만 우리가 알지 못하는 부분이 무의식인 셈입니다.

자아와 자기

의식이란 대상을 아는 마음, 이것과 저것을 분별하는 마음입니다.

태어날 때부터 사람은 의식을 가지고 있습니다. 심지어 태어나기 전 엄마의 배 속에 있을 때부터 의식을 가지고 있다는 주장도 있습니다. 사람이 무엇을 느끼거나 생각하고, 너와 나, 이것과 저것을 구별하는 것은 모두가 의식의 작용입니다. 의식은 사람들로 하여금 세상의 관습, 질서, 문화와 같은 것들을 알게 해줍니다. 사람이 태어날 때부터 가지고 있는 본능은 의식 작용을 통해 관습이나 제도를 앎으로써 갈고 닦이고 조정되어서, 남들과 더불어 살아갈 수 있게 되는 것입니다.

사람은 '나'는 이게 좋다든지, '나'는 이렇게 생각한다든지, '나'는 기쁘다 우울하다,라고 말하는데, 그때 그 '나'가 바로 의식적 마음의 핵심인 자아(ego, 에고)입니다.

에고는 타고난 전체로서의 나인 자기self와는 다릅니다. 자기는 의식적인 영역(앎의 작용이 미치는 범위)뿐 아니라 스스로도 알지 못하는 미지의 영역, 즉 무의식적인 영역까지 다 포함하며 그 사람이 타고났거나 경험해서 가지고 있는 마음 전부를 가리킵니다.

자아ego와 자기self를 구분해서 생각하는 일은 정신건강의 측면에서 매우 중요합니다.

사람들은 자아와 자기를 혼동하여 자아가 곧 자기라는 사람 전부라고 착각합니다. 때문에 마음의 갈등을 겪게 되고 각종 신경증에도 빠지게 되는 것입니다.

자아에는 의식적인 기억이나 감정 등 그 사람이 생각할 수 있는 모든 것이 들어 있습니다. 현실 세계라는 외부 영역에서 내 마음속으로 들어온 경험이나 그로 인해 발생된 나의 생각과 나의 감정은 자아에 의해 조정되어 의식에 자리를 잡게 됩니다. 자아가 인정하지 않는 경험이나 생각, 감정 등은 걸러지거나 변형되며 의식에 자리를 잡지 못하고 밀려납니다.

자아는 기억을 선택합니다. 그래서 똑같은 사건을 목격한 사람들이 각기 상충되는 목격담을 이야기하는 일이 벌어지는 것입니다. 살인사건이 일어났습니다. 범인이 타고 도망쳤다고 추측되는 자동차를 본 사람들이 있습니다. 그런데 제각기 차 색깔을 다르게 말해서 수사에 혼선이 빚어집니다. 흰색, 은색, 회색, 심지어 검은색이라는 증언도 나옵니다. 목격자들이 거짓말하려고 작정한 게 아닐 수 있습니다. 실제 그렇게 기억하고 있을 가능성이 큽니다. 자아는 현실 세계를 바라보고 경험으로 받아들일 때 선택을 합니다. 그래서 '사람이란 저 좋을 대로 생각하고 저 좋을 대로 느끼게 마련'이라고 하는 것입니다.

또 자아는 지속적입니다. 사람은 매일매일 변하고 있습니다. 사람의 몸을 이루는 세포는 석 달이면 완벽히 새것으로 바뀐다고 합니다. 그럼에도 우리는 어제의 그 사람이 오늘의 그 사람이고 내일의 그 사람일 거라고 믿으면서 상대하고 있습니다. 모두가 자아의 지속성 때문입니다. 몸뿐 아니라 기억조차 변하는데도 불구하고 몇십 년 후에 만난 친구를 예전의 그 친구라고 알아보는 일도 가능한 것입니다.

페르소나: 상황과 필요에 따라 쓰는 가면

마음의 지도에서 페르소나라고 쓰인 부분을 봅시다. '나'는 있는 그대로의 모습으로 현실 세계를 상대하지 않습니다. 에고와 현실 세계가 만나는 면을 페르소나라고 합니다. 페르소나는 사회적인 역할로서의 '나' 혹은 외부 세계에 보이는 '나'라고 할 수 있습니다.

페르소나라는 말은 고대 그리스의 연극에서 왔습니다. 고대 그리스에서는 화장술이 지금처럼 발달하지 못했기 때문에, 배우는 극 중에서 맡은 역할을 구현하기 위해 가면을 쓰고 출연했다고 합니다. 이와 비슷하게 우리나라에도 탈춤이 있지요. 탈춤에서 양반은 양반탈을 쓰고 나옵니다. 그러다가 각시탈, 광대탈, 취발이탈 등등, 각각의 역할에 맞는 탈로 바꾸어 쓰면 구경하던 사람들은 저 사람이 무슨 역을 하는지 금방 알아봅니다. 그럴 때 쓰는 '가면'을 고대 그리스에서는 '페르소나'라고 불렀습니다.

페르소나를 다른 말로 '외적 인격'이라고도 합니다.

겉으로 보이는 '나'는 에고와 다릅니다. 타고난 성격이 부드럽고 온화하고 상냥한 사람이 경찰관이라는 직업을 수행한다고 가정해봅시다. 그 사람의 에고는 온화하고 부드럽겠지만 경찰관이라는 역할을 제대로 수행하려면 그의 페르소나는 준법적이고 엄격한 모습이어야 합니다. 험악한 범죄자를 대할 때 부드럽고 상냥하기만 해서야 경찰관이란 역할을 제대로 해내기 어려울 것이기 때문입니다. 그러나 집에 돌아가서 가족을 대할 때는, 엄격하고 딱딱한 가면을 벗고 자상한 부모의 역할을 하겠지요.

이처럼 페르소나는 때와 장소, 상황에 따라 얼마든지 달라지게 됩니다. 자유분방하게 생활하던 사람이 결혼하여 자녀까지 양육하는 처지가 되어 자아를 잃어버렸다고 불평하는 것은 에고와 페르소나를 구분하지 못한 말입니다. 자유분방한 미혼 시절의 '나'는 진정한 자아가 아니라 내가 한때 쓰고 있던 페르소나였던 것이고, 책임을 져야 하는 상황으로 들어가자 또 다른 페르소나를 요구받고 있는 것입니다. 페르소나들 간의 조정이 문제가 됩니다.

누구나 여러 가지 페르소나를 갖고 있습니다. 한 사람이 살아가면서 써야 하는 페르소나는 많습니다. 가정에서

는 가족의 일원으로서의 페르소나, 부모로서, 형제로서의 페르소나, 학교에 가면 학생이라는 페르소나를 써야 합니다. 또 사회생활을 할 때는 선배나 후배로서, 직장에서는 직원으로서의 페르소나, 대표가 되면 대표로서의 페르소나 등등. 한 사람이 여러 페르소나를 필요에 따라 바꿔 쓰게 됩니다.

한 심리학자가 성공한 CEO들을 인터뷰해봤더니, 그들은 공통적으로 필요에 따라 적절한 페르소나를 바꿔 쓸 줄 알았다고 합니다. 그런데 한국 사회에서는 상황에 따라 다양한 페르소나를 쉽게 바꿔 쓰는 사람을 '위선적'이라고 오해하는 경우가 많습니다.

그러나, 사회적 역할에 따라 태도가 달라지는 건 지극히 당연한 일입니다. 극단적이고 고정적인 진정성을 고집하는 사람들은 페르소나를 모르거나 제대로 이해하지 못한 것입니다. 하나의 페르소나를 진정한 나라고 주장하게 되면 사회 부적응으로 귀결될 수 있습니다.

얼핏 페르소나가 위선적이지 않은가 오해받는 이유가 있습니다. 때와 장소에 맞춰 외면적으로 보여주는 행동과 말을 조정해야 페르소나가 만들어지는데, 그러자면 내면에서 일어나는 즉각적인 반응과 목소리들을 일단 자제시켜야 하기 때문입니다.

페르소나는 다른 사람과 관계를 맺으며 살아가는 데 도움이 되기도 합니다. 페르소나가 없다면 사회생활은 어렵고 혼란스러울 것입니다. 페르소나가 있기 때문에 우리는 어떤 장소나 어떤 상황에 처했을 때 어떻게 행동하면 되는지 감을 잡을 수 있습니다.

이처럼 사회생활의 근간을 이루는 페르소나지만 지나치게 부풀거나 축소되면 개인의 정신건강에 해가 됩니다. 자신이 하고 있는 사회적 역할에 지나치게 몰두한 나머지 그 페르소나가 진정한 자기 자신이라고 믿어버리는 경우가 그렇습니다. 페르소나의 팽창이라고 합니다. 페르소나가 팽창되면 마음의 다른 측면들은 한쪽으로 밀려나 발달하지 못합니다.

교사나 목사처럼 남에게 모범이 되어야 하는 직업을 가진 사람들에게서 페르소나의 팽창을 많이 볼 수 있습니다. 마음 전부를 다해 완전무결하게 목사답게 살아야 한다고 자신을 몰아붙인다든지, 교사니까 도덕적으로 완벽해야 한다고 자신에게 강요하기도 합니다. 그리하여 그 페르소나와 어긋나는 기분이나 본능, 감정은 억압하고 부인합니다. 그러다 보면 억압된 감정이나 본능은 차곡차곡 쌓여서(마음에 있는 것은 의식에서 무의식으로 자리를 바꿀지언정 결코 없어지지는 않습니다) 나중에 한꺼번에 폭발해버리기도 합니다. 그 결과 신경증을 앓거나 정신적으로 여러 병증을 드러내게 됩니다.

우등생으로 살아온, 남들에게 전교 1등 소리를 들으면서 살아온 학생이 등수가 조금 떨어졌다고 괴로워하고 급기야 자살까지 하는 일들이 간혹 벌어집니다. 페르소나의 팽창이 문제가 된 것입니다. 전교 1등을 하지 못하는 나, 1등급이 아니고 우등생이 아닌 나의 모습은 인정할 수 없고 견디지를 못하는 것입니다.

나의 페르소나를 알아보는 글쓰기

먼저 관계의 동심원을 그립니다.

나에게 기가 막히게 좋은 일이 생겼다는 연락을 받았다고 가정해봅시다. 그 소식을 제일 먼저 알릴 사람은 누구인가요? 그다음엔 또 누구에게 말할 것 같나요? 또 그다음에는? 소식을 알리는 순서대로 원을 그려봅시다.

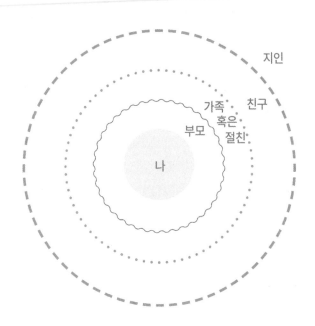

가장 처음 원에 들어가는 이는 부모 중 한 명일 것입니다. 혹은 언니나 동생 같은 가족, 아니면 절친한 친구일 수도 있겠지요. 두 번째 원에 들어가는 사람은 절친보다는 조금 덜 마음을 터놓는 친구일 것입니다.

세 번째 원에 들어가는 사람은 보통의 동료나 친지, 네 번째는 어느 정도 예의와 거리를 갖춰 대해야만 하는 안면 있는 사람일 겁니다. 각자의 생활상에 따라 다르기 때문에 여기에 정답은 없습니다. 동심원을 보면서 다음에 나오는 길잡이 따라 글을 써봅시다.

네 가지 관점에서 나를 소개해보기

① 네 번째 원에 속하는 사람 중 한 명을 특정한 다음, 나를 모르는 사람들에게 그 사람이 날 소개한다고 상상해보세요. 그 사람이 나에 대해 어떻게 말할지 써봅시다.

② 세 번째 원에 속하는 사람 중 한 명을 특정한 다음, 나를 모르는 사람들에게 그 사람이 날 소개한다고 상상해보세요. 그 사람이 나에 대해 어떻게 말할지 써봅시다.

③ 두 번째 원에 속하는 사람 중 한 명을 특정한 다음, 나를 모르는 사람들에게 그 사람이 날 소개한다고 상상해보세요. 그 사람이 나에 대해 어떻게 말할지 써봅시다.

④ 첫 번째 원에 속하는 사람이 나를 모르는 사람들에게 나를 소개한다고 상상해봅시다. 그 사람이 나에 대해 어떻게 말할까요? 써봅시다.

개인 무의식: 나도 모르던 내 마음

개인 무의식은 자신이 모르고 있는 마음의 영역을 가리킵니다. 경험은 했으나 까맣게 잊어버린 사건들, 생각했거나 느꼈지만 자아가 걸러내어버려 의식에서 자리를 잡지 못하고 내쫓긴 것들이 머물러 있는 곳이 바로 무의식입니다.

이런 경험이 있을 거예요. 전혀 생각지 않던 어떤 기억이 불쑥 솟아올랐을 때 '깜빡 잊었어' 혹은 '까맣게 잊었는데 이제 생각이 났어'라고 하지요. 이렇게 말할 때 그 기억은 어디에 있다가 의식으로 온 것일까요? 답은 무의식입니다.

무의식은 어두컴컴한 창고에 비유할 수 있습니다. 우리 마음에 한 번 들어온 것은 밖으로 나가지 않습니다. 자아가 인정하지 않는 것들은 모두가 무의식에 머물러 있다고 합니다. 생각만 해도 괴로운 기억이라든가, 내가 한 짓이라고 인정하고 싶지 않은 과거의 행동, 사회적으로 용납되지 않아 생각했다는 사실조차 인정하고 싶지 않은 욕망 등등. '나'라는 자아ego가 내 것으로 인정하고 싶지 않은 것들까지 모두 의식에 담아두고 산다면, 즉 의식하면서 살아야 한다면 미쳐버릴지도 모릅니다.

불쾌한 경험을 겪은 친구에게 보통은 이렇게 위로하곤 합니다. '그따위 일은 잊어버려.' 그런데 여기서 알아야 할 것은, 잊어버린다고 해서 마음 밖으로 내보내지지 않는다는 사실입니다. 그렇다고 또 의식에 머무르게 해서 끊임없이 의식하면서 살 수도 없습니다. 그런 것들은 다 무의식으로 가 있게 됩니다. 보통 '잊는다'고 표현하는 과정은 이런 식으로 흘러갑니다. 그러다 어느 순간, 어떤 계기가 있으면 불쑥 의식의 수면 위로 떠오르거나 그렇지 않으면 무의식에 잠긴 채 영영 잊어버렸다고 표현하게 되는 것입니다.

깊고 어두운 바다 밑을 상상해봅시다. 그곳에는 침몰한 보물선이며 쓰레기며, 온갖 것들이 다 가라앉아 있습니다. 평소에는 거기에 무엇이 있는지 알지 못하며 관심도 두지 않습니다. 바다 표면은 잔잔하고 깨끗합니다. 그러다 폭풍이 몰아치거나 해일이 일어나면 바다는 뒤집어집니다. 그때 밑바닥에 가라앉아 있던 것이 표면으로 떠오릅니다. 태풍으로 바다가 뒤집어진 뒤 해변에 온갖 쓰레기가 쓸려 와 있는 광경을 상상하면 쉬울 겁니다.

그런데 문제가 있습니다. 무의식에 침몰해 있는 것들은 내 의식이나 행동에 암암리에 영향을 미친다는 사실입니다.

우리는 때로 사회적으로는 용납되지 않는 욕망을 품거나 생각을 합니다.

나는 열심히 노력하는데도 엄마 친구의 딸 혜진이보다 성적이 안 좋습니다. 혜진이는 별로 애쓰는 것처럼 보이지 않는데도 우등생이고 인기도 많습니다. 성격도 착하다고 칭찬이 자자합니다. 엄마는 입만 열면 혜진이와 나를 비교합니다. 참다못해 진지하게 상상합니다. '난 혜진이 때문에 영원히 뭘 해도 칭찬 받지 못할 거야. 혜진이 같은 건 세상에서 없어졌으면. 콱 죽어버리든지.'

다른 사람이 죽기를 바라는 생각은 해선 안 됩니다. 나쁜 생각이니까 얼른 지워버립니다. 그런 생각을 했다는 사실조차 말끔히 지우지요. 시간이 흘러, 내가 그런 생각을 했다는 기억이 사라졌습니다.

그런데, 그 생각이 아예 없어진 것은 아닙니다. 그 생각은 무의식으로 내려갔는데 그런 생각을 했다는 사실을 부정하려 하면 할수록 의식과 무의식 간의 갈등이 커져 그 힘을 점점 키우게 됩니다. 그 결과, 영문 모를 행동을 하게 되거나 알 수 없는 감정이 느껴지기도 합니다. 증거도 없는데, 혜진이가 나를 미워해서 뒷담화를 하고 다니진 않을까 불쾌해할 수도 있습니다. 반대로 혜진이만 보면 왠지 미안한 기분이 들곤 해서 쩔쩔매기도 합니다. 또는 혜진이가 나를 죽이려 한다는 이상한 꿈을 꿀 수도 있습니다. 이 외에도 다양한 투사(내가 가진 욕망을 거꾸로 상대가 갖고 있다고 믿는 것) 현상이 나타날 수 있는데, 공통인 점은 혜진이가 내 신경에 거슬리는 데 이유가 없다는 것입니다.

이러한 경우 무의식으로 내려보낸, 다시 말하자면 잊어버린 자신의 욕구나 바람이 현재 나의 행동이나 느낌, 기분에 영향을 미치고 있다고 할 수 있습니다. 이럴 때 사람들은 무의식의 영향력이 어마어마하다는 걸 새삼 깨닫게 됩니다.

잠을 잘 때 사람들은 꿈을 꿉니다. 의식에서 억압한 것이 무의식에 머물러 있다가 우리가 잠이 들면 억압에서

풀려나 표면으로 올라오는 것이 꿈이라고 프로이트는 말했습니다. 억눌린 욕망은 직접 드러나는 게 아니라 꿈에서도 검열을 하는데, 그래서 꿈이 이해하기 어려울 정도로 비틀리고 뒤죽박죽으로 전개된다는 것입니다. 혜진이가 죽기를 바라는 욕망이 무의식에 잠겨 있기 때문에 꿈에서는 검열을 받아 역으로 혜진이가 나를 죽인다든지 해코지하는 것으로 뒤집어서 나타날 수 있습니다.

융 역시 프로이트와 마찬가지로 꿈에서 무의식이 드러난다고 보았습니다. 그러나 융은 꿈이 검열 때문에 일부러 이야기를 뒤집거나 비트는 건 아니라고 보았습니다. 본래 무의식이 드러나는 성질이 그런 식이라고 보았어요. 즉, 의식은 이성에 따른 순서(원인과 결과에 따른 순서, 시간순, 공간순…)에 의하지만 무의식은 무작위적으로 나타날 수 있다는 것입니다.

자신의 꿈을 잘 들여다보면 무의식에 숨어 있는 진정한 욕구나 바람, 진정한 느낌, 기분 등등을 발견할 수 있습니다. 무의식을 관찰하는 꿈일기 쓰기는 정신건강에 도움이 많이 됩니다.

꿈일기 쓰기

사람은 일생의 3분의 1을 잠을 자면서 보냅니다. 잠이 들면 꿈을 꾸지요. 수면도 여러 단계로 나눌 수 있는데 렘(Rapid Eye Movement, REM, 급속안구운동) 수면 단계에서 꿈을 꿉니다. 절대 꿈을 꾸지 않는다고 주장하는 사람도 있는데, 실은 꿈을 꾸지 않는 것이 아니라 꿈을 기억하지 못할 뿐입니다. 과학이 발달한 지금도 꿈의 세계는 여전히 인간이 다 알지 못하는 미지의 영역으로 남아 있습니다. 꿈을 통해서 우리는 현실 세계의 요구에 부응해 빚어진 '나'가 아닌 또 다른 '나'를 만납니다.

꿈일기는 매일 아침 일어나자마자 즉시 써야 합니다. 그래야 꿈을 잊어버리지 않고 매일 기록해둘 수가 있습니다. 잠들기 전 침대 옆 탁자에 노트와 필기구를 마련해두면 쉽게 도전할 수 있습니다. 꿈일기를 쓰면 스토리텔링의 영감, 아이디어가 풍부해진다거나 문장력이 좋아진다는 사람도 있습니다. 엉킨 실뭉치처럼 중구난방으로 흐르는 꿈을 한 글자 한 글자 콕콕 짚어서 문장으로 풀어가는 연습이 되기 때문에 문장력이 좋아지는 거라 합니다. 그러나 여기서 안내하는 것은 자신의 무의식을 알기 위한 쓰기입니다.

아침에 일어나자마자 씁니다. 저는 꿈을 안 꾸는데요, 하는 사람은 전날 밤 잠자기 전에 자신에게 꿈을 꿀 것이라고 몇 번 말해주면 해결됩니다. 그럼 다음 날 눈을 뜨면 꿈이 생각날 겁니다. 막연해도 그냥 씁니다. 쓸 때는 서술어를 현재진행형으로 합니다. '나는 동굴로 갔다'가 아니라 '나는 동굴로 들어가고 있다'라고 씁니다. 그러면 흐름이 끊어지지 않을 거예요. 충분히 쓰고 옆 페이지는 비워둡니다. 다음 날은 페이지를 넘겨 다음 페이지로 이어가는 방식입니다.

빈 페이지에는 옆 페이지에 써놓은 꿈을 다시 한 번 읽어보고 자기 나름대로 그 꿈에 대한 해석이나 연상되는 것을 씁니다. 이때 다른 색의 필기구를 쓰면 구분이 확실해져 편리합니다. 그리고 덮어둡니다. 매일 한쪽 페이지를 쓰고 맞은편 페이지에 간단한 나의 해석을 쓰거나 빈 페이지를 남겨두는 식입니다.

그렇게 일주일 이상 여러 날분의 꿈일기를 한꺼번에 읽어봅니다. 짤막한 해석이 쓰여 있거나 비어 있는 맞은편 페이지에 내가 해석했거나 생각나는 것을 더 써봅니다. 그렇게 하면 매일의 꿈들이 연속해서 이야기하려는 것이 명료하게 드러날 것입니다. 꿈을 가장 잘 해석할 수 있는 이는 꿈꾼 자기 자신입니다.

콤플렉스: 무의식에서 나를 움직이는

개인 무의식에서 널리 알려진 것이 콤플렉스입니다. 일상에서 "키가 작은 것이 콤플렉스야" "나는 가난에 대한 콤플렉스가 있어"와 같이 말할 때, '콤플렉스'는 '마음에 거리낌이 있다'는 표현에서 '열등감을 느낀다'는 의미까지 광범위하게 사용되는 듯합니다. 심리학 전문용어임에도 일상생활에서도 널리 쓰이고 누구나 아는 말이 되었습니다.

원래 콤플렉스라는 말은 무의식 중에 나를 움직이게 만드는 숨어 있는 힘으로 '내가 통제할 수 없는 힘을 가진 또 하나의 인격'이라는 의미입니다. 쉽게 풀어서 말한다면, 내 마음속에 있는, 내 마음대로 되지 않는 또 하나의 '나'입니다. 그렇기 때문에 콤플렉스가 있는 당사자는 자신이 그런 콤플렉스를 가지고 있는지 깨닫지 못하는 경우가 많고, 다른 사람은 그 사람의 콤플렉스가 무엇인지 금방 눈치챕니다. 그러므로 나만 모르고 남들은 다 아는 나의 약점이 콤플렉스라고 할 수 있습니다.

예를 들어, 키가 작아 콤플렉스가 있는 사람이 있습니다. 그는 키에 대한 말만 나오면 공연히 짜증 내거나 키가 큰 사람을 보면 일없이 흠을 찾으려들 수도 있습니다. 대신 완력을 키우는 데 골몰하거나 싸울 때 끈질기게 독하게 굴어 작은 고추가 맵다는 듯 행동하기도 합니다.

또 가난한 가정에서 궁핍하게 성장한 사람이 있다고 가정해봅시다. 그래서 돈 문제에 대한 콤플렉스가 있다면 이런 행동을 할 가능성이 있습니다. 친구들 앞에서 돈이 없다는 말을 죽어도 못 합니다. 그래서 친구들과 어울려 식사하는 모임에서, 딱히 그럴 이유가 없음에도 자신이 밥을 사겠다며 카드를 긁습니다. 그런 행동을 하면 본인은 돈 문제에 초연한 너그러움을 보여줬다고 생각하겠지만, 다른 사람들—특히 인간 심리에 대해 조금 아는 사람이라면—은 명분 없이 아무렇게나 돈을 쓰는 행동을 보고, 저 사람은 돈 문제에 콤플렉스가 있구나, 하고 눈치채게 됩니다. 이렇게 금전 문제에 초연한 척한다든지 혹은 이와 반대로 돈에 집착하여 남들이 혀를 내두를 정도로 비굴하게 행동하는 경우도 있습니다. 양쪽 다 금전 문제에 콤플렉스가 있다고 타인의 눈에 비치는 건 마찬가지입니다.

콤플렉스라고 해서 내 인생에서 마이너스 역할만 하는 건 아닙니다. '위대한 콤플렉스'라는 말도 있듯이, 내가 가진 콤플렉스를 깨닫고 어떻게 대처하느냐에 따라 그 사람의 인생에 플러스가 되기도 합니다. 콤플렉스를 긍정적인 방향으로 잘 이용하기만 한다면 콤플렉스가 없는 평범한 사람보다 훨씬 강한 추진력을 가지고 인생을 살아가기도 합니다. 키가 작다는 콤플렉스를 가진 사람이 대신 다른 측면에서 두각을 나타내겠다고 결심하고 노력하여 대단한 일을 해낸 예가 있습니다. 나폴레옹의 경우, 키가 작은 데다 프랑스 본토가 아닌 궁벽한 시칠리아 섬 출신이라는 콤플렉스를 가지고 있었습니다. 대신 군사학을 열심히 공부하고 자신을 단련한 결과 유럽을 뒤흔드는 비범한 황제가 되었습니다.

부모의 사랑을 받지 못하고 외롭게 자란 콤플렉스가 있다 칩시다. 그러면 '어차피 난 버림받은 인간이야. 내가 함부로 살아도 세상이 나에게 뭐라고 할 수 없어'라며 범죄자로 자랄 수 있습니다. 반대로 오히려 그 콤플렉스 때문에 전혀 반대 방향으로 자랄 수도 있습니다. '내가 받지 못한 사랑을 다른 사람들을 사랑하는 것으로 보상하리라'고 결심해 고아나 불우한 이들에게 아낌없이 사랑을 베풀어 성인에 버금가는 업적을 남길 수도 있습니다.

역사에 이름을 남긴 위인들은 대부분 한 가지 이상 콤플렉스가 있었습니다. 콤플렉스를 긍정적인 방향으로 나아가는 추진력으로 활용한 것입니다. 그러나 자신에게 콤플렉스가 있는지 없는지 알아차리지 못하여 그에 휘둘리면 사는 데 걸림돌이 됩니다.

자신에게 어떤 콤플렉스가 있는지 곰곰이 살펴보면 좋겠습니다. 콤플렉스의 종류는 다양하며, 콤플렉스가 없는 인간은 거의 없습니다. 어머니 콤플렉스, 성에 대한 콤플렉스, 돈에 대한 콤플렉스, 신체적 문제에 대한 콤플렉스, 성장 환경에 대한 콤플렉스 등등. 그 문제만 나오면 어쩐지 기분이 나빠지고 마음이 자꾸 부대끼면 자신에게 그 문제에 대한 콤플렉스가 있는 게 아닌지 돌아봅시다. 그러면 알게 됩니다. 그것이 어렵다면 가족이나 친한 주변 사람들에게 물어보면 빠르게 알 수 있습니다. 나는 모르고 있지만 남들은 쉽게 눈치채는 게 콤플렉스이기 때문입니다. 그리고 그걸 어떤 방향으로 활용할 것인지는 오롯이 자신에게 달려 있습니다.

콤플렉스를 발견하는 글쓰기

다음 문장의 빈칸을 채워봅시다.

나는 _____ 말을 들으면 화가 난다.

그런 다음 떠오르는 것들을 자유 연상으로 써봅시다. 때와 장소를 특정하여 하나의 상황을 세밀하게 적어보고 시간의 흐름에 따라 스토리텔링을 해봅시다.

그림자: 우리의 어두운 형제

개인 무의식에 그림자라는 것이 있습니다. 그림에서 보듯 의식에 있는 자아ego와 대칭됩니다. 에고와 그림자는 한 쌍을 이룹니다. 에고가 크면 그림자도 큽니다. 생명이 있으면 그림자가 있는 것과 마찬가지입니다. 살아 있는 사람을 유령과 구분할 때, 그림자를 갖고 있는가 아닌가로 판단한다고 하는데, 의미심장합니다. 또 '커다란 나무일수록 그림자도 크다'는 속담 역시 마음의 그림자와 관련하여 한 번쯤 깊이 새겨볼 만합니다. 의식에서 에고가 차지하고 있는 비중만큼이나 무의식에서는 그림자가 그 자리를 차지하고 있습니다.

갓 태어난 아기는 자신과 엄마를 구분하지 못합니다. 아직 자아가 형성되지 않은 것입니다. 따라서 그 아기에게는 그림자가 거의 없다고 봐도 좋을 것입니다. 그러나 아이가 성장하면서 엄마와 자신을 구분하기 시작합니다.

차츰 가족과 나, 동네 사람과 나, 학교 친구와 나, 하는 식으로 타인과 자신을 구분하는 범위가 넓어지고 자아도 점점 커집니다. 그에 따라서 그림자도 점점 커집니다.

그림자를 다룬 대표적인 소설이 로버트 루이스 스티븐슨이 쓴 『지킬 박사와 하이드 씨』입니다. 이 소설에서, 지킬 박사는 사회적으로 명망이 높고 선하며 아량이 넓은 신사입니다. 그러나 그는 밤만 되면 흉악한 범죄자인 하이드가 되어 날뜁니다. 이처럼 이중인격을 소재로 한 이야기는 소설이나 영화에서도 자주 다뤄지는데, 이 소설은 그런 이야기들의 원조 격이라 할 수 있습니다. 인간이라면 누구나 가지고 있는 양면성을 극단적으로 잘 드러냈습니다.

아무튼 그림자는 자아와 정반대되는 성질을 갖고 있습니다. 그 사람의 자아가 선량하고 착하다면 그 사람의 그림자는 악합니다. 그 반대일 수도 있습니다. 그래서 악한 인 줄 알았는데 선량한 면을 드러내어 사람들을 깜짝 놀라게 하는 흐뭇한 사례도 있을 수 있습니다.

인간은 교육을 통해 문화적으로 성숙해갑니다. 그러나 그 이전에 인간은 동물입니다. 여기서 동물이란 말은, 먹고 자고 자기 영역을 확장하고 자기 생명을 보존하여 후

일로 이어가려고 애쓰는 본능이 있다는 뜻입니다. 그 본
능이 꼭 나쁘다고는 할 수 없습니다. 그것이 있기 때문에
인간은 생명체로 살아갈 수 있습니다. 그러나 지나치게
본능만 내세우다 보면 약육강식이니 '만인에 대한 만인
의 투쟁'이니 하는 극한 상황이 벌어져 이 사회는 아수라
장이 되고 맙니다. 그래서 도덕이니 법이니 하는 규제를
만들어서 본능을 억누르고 길들여서 다른 사람들과 조화
를 이루면서 사는 것입니다.

어린아이는 천사 같다는 상투적인 말이 있는데, 사실이
아닙니다. 어린아이는 이기적이고 난폭합니다. 욕심꾸러
기이고 저만 아는 경우가 더 많습니다. 그것이 동물로서
의 인간이라는 본래 모습일 겁니다. 그러나 아이들은 성
장하면서 차차 배워가게 됩니다. 내 마음대로 행동하면
남들과 더불어 살아가는 게 어렵고 장기적으로는 오히려
손해라는 것을 말입니다. 타인과 내가 서로 협력, 양보해
야 길게 보면 뜻하는 바를 이루기 더 쉽다는 것을, 경험
과 학습을 통해 배우게 되죠. 때에 따라서 본능을 제어하
는 법, 사회에 적응하는 방식을 배우게 됩니다.

그렇게 학습된 것들이 의식에 있는 자아나 페르소나를
만들어가고, 억압된 본능이나 욕망은 무의식으로 내려가

그림자에 자리를 잡습니다. 그러므로 자아가 발달하면 발달할수록, 겉으로 드러난 인격이 훌륭하고 도덕적이면 도덕적일수록 반대로 그림자도 그만큼 발달해 있다고 간주해야 합니다.

융은 그림자를 우리의 '어두운 형제'라고 불렀습니다. 그림자 속에는 분화되지 않은 마음의 기능과 덜 발달된 태도들이 들어 있습니다. 겉으로 도덕적인 것을 강조하는 사람일수록 그림자에는 본능적인 반도덕적 충동들이 그만큼 더 강하게 숨 쉬고 있다는 뜻입니다.

그림자는 그 사람의 숨어 있는 본성입니다. 그것이 있기 때문에 사람은 생명체로서 생기를 띠고 살아가는 것입니다. 살아야겠다는 의욕도, 뭔가를 해내고 싶다는 욕망도 다 거기서 솟아나는 것입니다. 또 그림자는 예술적인 창조력의 원천이기도 합니다. 사회생활을 조화롭게 해나가려면 어느 정도 그림자를 억누르기는 해야 하지만, 지나치게 억압하다 보면 활기라고는 없는, 무슨 공식에 따라 움직이는 자동인형 같은 사람이 되기 쉽습니다. 남들 보기에 인간미가 느껴지지 않는다, 혹은 살아갈 의욕이라곤 없는 사람 같다는 말을 듣게 됩니다.

또 그림자는 같은 성性을 가진 사람들과의 관계에서

중요한 작용을 합니다. 가령, 이성과는 잘 지낼 수 있는데 동성인 사람들과의 관계 형성이 잘 안 되는 사람이라면 자신의 그림자를 살펴보는 것이 좋습니다. 남자 친구는 많은데 여자 친구는 별로 없는 여성이라면, 자신의 그림자와 자아와의 관계에 무슨 문제가 있는지 들여다보면 좋습니다.

그림자를 무조건 나쁜 것이라고 억압하거나 내 것이 아니라고 부정하면 안 됩니다. 에고가 아닌 자기self에게 그런 면이 있을 수 있다고 인정하고, 때로는 그림자가 요구하는 것들을 수용할 줄도 알아야 합니다.

특히 그림자는 다른 사람들을 특별한 이유 없이 비난하거나 싫어할 때 잘 드러납니다. 옛날 나치 시대의 독일인들은 유대인들을 탐욕스럽다고 박해했는데, 그건 독일인들 자신의 탐욕스러운 면을 유대인들에게 투사한 것입니다. 또 흑인들이 무식하고 성 충동이 강하다면서 멸시한 백인들이 일부 있는데, 이 역시 백인 자신의 어두운 면을 흑인들에게 투사하여 우월감을 느끼려 한 결과입니다.

이처럼 개인과 개인 사이의 적대감, 단체와 단체 사이의 갈등, 나라와 나라 사이에서 일어난 분쟁 등을 잘 살펴보면 상대가 그런 어두운 면을 갖고 있기보다는 자기 그림자를 상대에게 덧씌워서 그렇다고 비난하는 경우가 많습니다. 그러니, 별스러운 이유 없이 미워하게 되는 사람이 있다면, 그 사람이 가지고 있는 어떤 면이 도드라져 보이는지, 그런 면을 자신은 억압하고 있는 건 아닌지, 그런 면이 밖으로 드러날까 봐 내가 두려워하고 있는 건 아닌지 살펴볼 필요가 있습니다.

그림자도 인정하여 숨 쉴 기회를 줘야 합니다. 이 말은, 무조건 그림자를 방만하게 풀어놓으라는 뜻이 아닙니다. 자신에게 이러한 면이 있음을 인정하자는 것입니다. 그리고 반사회적이지 않게 그림자의 요구를 해소하는 방법들을 찾아봅시다. 내면의 그림자를 노트에 적어보는 일도 그 한 방법일 것이며, 그것 또한 진정한 나를 찾아가는 길입니다.

나의 그림자 쓰기

내가 정말 싫어하는 동성(여자의 경우에는 여자, 남자의 경우에는 남자)의 모습을 묘사해볼까요. 어렵게 생각하지 말고 그냥 싫은 사람이 있으면 그 사람을 제대로 소개한다는 기분으로 써봅시다.

먼저, 내가 싫다고 느껴지는 그 사람의 면모를 조목조목 메모해봅니다. 그런 다음 내가 싫어하는 면이 가장 적나라하게 드러났던 정황을 짚어내봅시다. 그 정황의 때와 장소, 그 정황에 등장하는 인물들, 인물들 사이에 어떤 일이 있었던가를 간단히 메모합니다. 두 가지 메모를 옆에 놓고 그 정황이 다른 사람에게 잘 전달되도록(상세하게 자상하게 순서대로) 쓰면 됩니다.

아니마와 아니무스: 내면에 숨어 있는 반대쪽 성

같은 성性을 가진 사람들과의 관계를 해명할 수 있는 개념이 '그림자'라면, 아니마anima 아니무스animus는 나와 다른 성性을 가진 사람들과의 관계를 이해하도록 도와주는 열쇠입니다.

아니마는 남성의 마음속에 있는 영원한 여성상이고, 아니무스는 여성의 마음속에 숨어 있는 영원한 남성상입니다. 이것들 때문에 우리는 첫눈에 반하는, 콩깍지가 눈에 씌는, 이해하기 어려운 연애에 빠져듭니다.

인간의 마음은 원래 남녀 양쪽 성의 특징을 다 갖고 있습니다. 남자의 마음에도 남성적인 면과 여성적인 면이 있고, 반대로 여자들 마음도 마찬가지입니다. 태어날 때 우리는 신체적으로 남녀 어느 한쪽의 성징을 갖고 태어납니다. 아기가 태어나면 사람들은 이런 질문을 가장 먼저 던집니다. '아들이야, 딸이야?' 그 후 어느 쪽 성징을

갖고 있느냐에 따라 사람들이 그 아이를 대하고 교육하는 방법이 달라집니다. 남자라면 "남자애가 질질 짜면 어떡해? 씩씩하게 행동해야지" 잔소리하고, 여자라면 "여자애가 시끄럽게 굴면 안 돼. 여자라면 얌전하고 조용히 행동해야 돼"라고 합니다. '남자라면 이렇게' '여자라면 이렇게' 해야 한다는 어른들의 교육과 사회적 고정관념이 마음속에 자꾸 쌓이다 보면 아이는 자신이 남자답게, 혹은 여자답게 살아야 한다고 느끼게 됩니다.

그러다 보니 여자아이는 자기 마음속에 있는 남성적인 요소를 억압하고 여성적인 요소를 발달시키게 되고, 남자아이 역시 반대로 남자답게 되려고 여성적인 요소를 억압합니다. 거의 생각할 겨를 없이 무의식적으로 일어나는 현상입니다. 그러나 그렇게 억압된 반대쪽 성의 특질은 사라지지 않습니다.(우리 마음속에 있는 것들은 억압하면 무의식으로 내려가서 숨어 있을 뿐, 없어지지는 않습니다) 무의식에 숨은 성적性的 특질들은 그 사람의 의식에 은밀하게 영향을 미치다가 어느 순간 고개를 내밉니다. 그렇게 억압된 반대쪽 성의 특질들은 그 사람이 본래 타고난 것에 경험한 것이 결합되어 아니마 혹은 아니무스가 됩니다.

아니마, 아니무스에 가장 큰 영향을 끼치는 것은 반대쪽 성의 부모입니다. 그러니까 아버지는 딸의 아니무스에, 어머니는 아들의 아니마에 강한 영향을 미치게 됩니다.

마음속에 억압된 반대쪽 성의 특질들은 중년기에 접어들면 서서히 밖으로 표출되기 시작합니다. 중년기를 지나면 가부장적인 남자가 여성스러운 특질을 드러내고, 여자들은 남성적인 특질들을 보입니다. 나이가 들수록 부부 중 여자는 목소리가 커지고 행동이 거칠어지는 반면, 남자는 가정적이고 섬세해지는 모습을 흔히 볼 수 있습니다. 물론 이런 변화는 남자가 직업 생활에서 은퇴하면서 가부장적인 지위에서 내려오게 되는 것과 관련 있지만, 내면에 숨어 있던 반대쪽 성의 특질이 겉으로 드러나는 것이기도 합니다.

나의 부모(부모 중 특히 나와 성별이 다른)와 관련
된 기억을 적어봅시다.

그다음, 나의 이상형의 모습(내면과 외면을 포함한
캐릭터)을 묘사해봅시다.

집단 무의식: DNA 속에 흐르는 기억

사람의 마음처럼 신비한 것도 없습니다. 현재 인간은 평균 뇌의 3% 정도만을 사용하고 있다는 연구 결과도 있습니다. 흔히들 '천재'라고 불리는 사람들은 뇌의 10%까지도 쓴다고 합니다. 그러니 나머지 90%의 뇌세포를 모두 사용하면 무슨 일이 벌어질까요? 궁금합니다.

목숨이 위급한 순간에 자기도 모르게─이성의 작용이 멈춰지고 생존 본능이 발휘된다는 뜻이겠지요─괴력을 발휘하는 사람이 있습니다. 불이 났는데 중요한 문서가 든 금고를 번쩍 들어 운동장에 내던진 사람을 알고 있습니다. 불이 꺼진 뒤에 그 금고를 다시 옮기려고 보니 남자 어른 네 명이 달라붙어서 옮겨야 했습니다. 또 평소에는 넘지 못하던 높은 담을 경찰의 추격을 피하느라 훌쩍 뛰어넘은 사람도 있습니다. 평상시로 돌아온 뒤에는, 내가 어떻게 그럴 수 있었지? 하면서 고개를 갸웃거렸지요.

또 사람은 앞날을 예견하는 꿈을 꾸기도 합니다. 누가 죽기 전에 꿈에 나타나 인사를 하고 갔다든지, 기다리던 아기가 생겼을 때 꿈을 통해 알게 되는 태몽이라든지, 꿈으로 앞으로의 일을 예언해주는 예지몽에 관한 일화는 우리 주변에 숱하게 많습니다.

융이 집단 무의식이라는 걸 생각하고 연구하게 된 계기가 있었습니다. 융은 평생 3만 개의 정도의 꿈을 해석하고 연구했다고 하는데, 1차 세계대전이 일어나기 직전에 그를 찾아온 내담자들의 꿈은 당사자의 인생이나 일상을 짚어봐서는 도무지 해석하기 어려운 꿈이 많았다고 합니다. 알프스의 빙하가 녹아서 유럽이 물바다가 된다든지, 유럽 땅 네 구석에서 불이 일어나 유럽 전체가 불바다가 된다든지 하는 내용이었습니다. 꿈을 해석할 때는 그 꿈을 꾼 사람들의 생활이나 인생사와 관련하여 연상되는 것들로 짚어나가기 마련인데, 도무지 그렇게는 해석할 수가 없는 꿈들이었습니다. 서로 알지도 못하고 아무 연결고리도 없는 사람들이 비슷한 내용의 꿈을 특정한 시기에 같이 꾸었고, 내담하러 찾아온 것입니다.

그 뒤 바로 전쟁이 터졌고, 융은 비로소 내담자들이 전쟁 발발을 예견하는 꿈을 꾸었다고 납득했습니다. 사람들이 어떻게 예견할 수 있었을까. 연구 끝에 융은 태곳적부터 이어져온 인류의 경험이 개인들의 정신에 축적되어 '집단 무의식'이 만들어졌다고 결론을 내렸습니다.

외할아버지가 돌아가시던 날, 우리 집에도 이와 비슷한 일이 있었습니다. 꿈에 할아버지가 어머니에게 찾아와 '나는 먼저 가니 넌 나중에 오너라'라고 말씀하셨다 합니다. 할아버지는 부산에, 어머니는 논산에 살고 계셔서 거리도 멀었지요. 어머니는 '아버지에게 무슨 변고가 생긴 게 아닐까'라며 마음을 졸이고 있었는데 운명하셨다는 전갈이 곧 도착했습니다.

생물학계에는 이런 연구 결과도 나와 있습니다. 태아가 엄마 배 속에서 생겨날 때 인류의 진화 과정을 고스란히 되풀이하면서 아기가 되어간다 합니다. 작은 점이었다가 점차 척추가 만들어지고 팔다리가 나오고 나중에는 완전한 사람의 형태를 갖추게 됩니다. 그처럼 인간의 DNA에는 아메바에서부터 인간이 되기까지 진화해온 기억이 고스란히 저장되어 있어서, 그 과정을 그대로 되풀이한다는 것입니다. 그와 마찬가지로 인간의 마음에도 인간이 되기까지의 기억이 고스란히 저장된 것이 아닌가 합니다. 뱀을 본 적도 없는 아이가 본능적으로 뱀을 무서워한다든지, 순간적으로 이성을 잃으면 사람도 짐승과 똑같은 반응을 보인다든지, 유난히 육감이 발달하여 눈치가 빠른 사람은 미리 앞일을 알아차려 예언을 하는 것 같습니다.

인간으로 진화해온 경험의 축적이 바로 집단 무의식의 바탕이라고 융은 주장했습니다. 사람은 각기 성격, 기질 등이 다 다르지만 근본적으로 인류라고 하는 하나의 바탕을 가지고 있다는 생각에 이르게 됩니다. 마치 하나하나의 물결이 거대한 바다에 바탕을 두고 있는 것처럼.

마음에 대한 융의 견해 중 그가 특별히 강조하고, 나로서도 중요하다고 여기는 것이 있습니다. 인간은 본래 부분으로 사는 데는 만족하지 못하도록 타고났다는 것입니다.

누구나 자신의 잠재적 가능성 전부를 실현하고자 하는 본능이 있습니다. 그런데 자아가 지나치게 의식에만 매달려 자신의 마음을 의식적인 세계, 논리적 이성적 세계에 국한시키면—그런데 우리가 받는 학교 교육의 대부분이 의식적인 자아를 강화시키는 쪽에 치우쳐 있습니다—자신이 가지고 있는 드러나지 않은 무한한 가능성의 세계를 돌보지 않을 우려가 있습니다. 그러다 보면 의식과 무의식 사이에 단절이 일어나고 무의식은 발달 분화 하지 못하여 숨어서 은근히 영향을 미치다가 어느 날 갑자기 그 사람 전체를 지배하게 될 수도 있습니다. 신경증이나 강박증, 원인을 알 수 없는 우울증을 앓게 되기도 합니다.

이럴 때는 자아$_{ego}$와 자기$_{self}$를 나누어서 찬찬히 살펴보고, 자신의 드러나지 않은 면면들, 숨어 있는 것들을 찾아내어 그걸 실현하려고 노력해보는 것이 도움이 됩니다. 그것은 자아를 무의식의 영향에서 구출하고, 그림자, 아니마, 아니무스를 의식화하며 콤플렉스를 경감시켜 그 힘을 빼는 것이기도 합니다.

살아가면서 타고난 자신의 잠재적 가능성인 자기$_{self}$를 남김없이 실현하는 (자아실현이라고 하는) 경우는 드물다고 합니다. 융의 견해에 따르면, 붓다나 예수 정도가 그랬을까 나머지 보통 사람들은 대부분 타고난 자기를 최대한 실현하려고 애쓰다가 생을 끝내게 됩니다. 무의식이 나의 친구가 되어 내가 생명력 넘치고 창조적인 삶을 살도록 도와주느냐 아니면 적이 되어 나를 마음의 병으로 몰아넣느냐 하는 것은 순전히 나의 선택에 달려 있습니다.

콤플렉스나 그림자가 아예 없는 사람이 이상적인 인간의 모습일까요? 자기 내면의 어떤 요소든 함부로 억압하지 않고, 필요한 순간에 자신을 돌볼 줄 알고, 조화를 이뤄내는 것. 그것이 우리가 가야 할 방향이 아닐까 합니다.

인류는. 진화의 긴 세월을 거쳐 이제 의식주의 부족이나 물리적 위협으로 고통받는 일은 덜해졌습니다. 관심은 몸보다 마음을 보호하는 쪽으로 이동하고 있습니다. 외부 환경보다는 우리 내면의 두려움, 불안, 고통을 다루는 일이 점점 더 중요해지고 있습니다.

내가 너무 고통스러워서 마음 깊숙이 내려보낸 경험이 있나요? 그에 대해 써봅시다.

이번에는 뒤로 한 발짝 물러나서 메타인지의 눈으로 그 경험을 다시 봅시다. 측은지심의 마음으로 그저 관찰해봅시다. 고통스러웠던 그 일을 그저 하나의 경험으로, 살다 보면 얼마든지 일어날 수 있는 일로 바라볼 수 있나요? 그럼, 써봅시다.

2. 나의 성격 탐구하기

"'어제 내가 기분이 우울해서 빵을 잔뜩 샀어'라고 말했을 때, 상대가 '너는 빵을 먹으면 기분이 좋아지니?' 하고 말하면 T고요. '어제 너 기분이 많이 우울했나 보구나'라고 말하면 F인 거예요."

지하철에서 옆자리 사람들의 대화가 들려옵니다. 모녀 사이일까요? 머리가 희끗한 중년 여성과 생기 넘쳐 보이는 젊은 여성입니다. 요즘 어딜 가나 MBTI가 화제입니다. T니 F니 하는 암호 같은 코드는 텔레비전이나 주변 사람들과의 대화에서도 흔히 접하게 됩니다. 예전에는 이와 비슷하게 상대의 혈액형이나 별자리를 물어봐서 성격을 파악하기도 했습니다.

우리 글쓰기 반 수업의 글들에도 MBTI는 자주 등장합니다. 서먹했던 동료의 MBTI 성격 유형을 알게 되어 서로 가까워졌다는 이야기, 도통 이해할 수 없던 윗사람의 행태를 그의 MBTI를 알고 나자 비로소 납득하게 되었다는 내용, 애인과의 궁합이 궁금해서 MBTI 검사를 받아보았다는 글 등등. 심지어 새로 부임한 상사와 면담하는 자리에서 MBTI가 주요 화제로 올라 한참 이야기했다는 내용도 있었습니다. 이 정도면 MBTI는 이제 가십거리를 넘어서 인간 이해의 정론으로까지 받아들여지고 있지 않나 싶을 정도입니다.

구글로 검색만 해봐도 MBTI는 심리학자가 제대로 연구해서 만든 이론이 아닌, 작가가 만든 성격 유형 분류라는 정보가 나옵니다. 융의 심리학에 나온 성격 유형 이론을 바탕으로 좀 더 세분화시킨 내용이라는 것입니다. 그래서 심리학적으로 타당한 성격 유형 이론인지 비판하는 목소리도 적지 않습니다. 사람의 성격을 16가지로 지나치게 단순화하고 있다든가, 두 번만 검사해봐도 전혀 다른 성격으로 나온다는 반론도 있습니다.

나는, MBTI가 효용이 없다고 생각지 않습니다. 점점 더 속도를 더해가는 도시화, 현대화 흐름에서 사람과 사람 사이의 연결고리가 점점 희미해지고 있습니다. 내가 사귀기 시작한 친구가, 직장에서 만난 동료가, 이웃에 사는 사람이 실제로 어떤 사람인지 그가 보여주는 모습 이상 알기 어렵습니다. 대면할 시간이 적어지는 만큼 유대감을 쌓기도 어렵고 뿔뿔이 고립되어갑니다. 이런 막막한 현실에서, MBTI는 인간관계에서 일종의 표지판 구실을 하고 있는 것이 아닐까 싶습니다. 도무지 여기가 어딘지 모르겠는 낯선 사막 같은 곳에서 드문드문 눈에 들어오는 표지판. 그 표지판이 실제와 다르지 않다고, 틀림없다고 믿기보다는 나와 타인을 이해하는 데 참고하는 정도로만 활용하면 적절할 것입니다.

사람 마음을 들여다보고 연구하는 데 평생을 바친 융은 죽기 전에 이런 말을 남겼습니다.

"인간의 정신이 저마다 얼마나 다른가를 알아낸 것이 내 인생에서 가장 큰 경험 중 하나였다."

융은 본인과 타인의 것을 합쳐 평생 2만여 개가 넘는 꿈을 해석하고 심리 분석을 했습니다. 아마 인간 심리에 대해 융처럼 넓고 깊게 연구한 사람도 드물 것입니다. 그런 사람이, 가장 큰 성과는 '사람은 각기 다르다는 사실을 알게 된 것'이라 했습니다.

그의 마지막 말처럼 사람의 마음의 성향, 기능 들이 어떻게 다른지, 의식적인 작용과 그에 반대되는 무의식적인 작용은 어떻게 다른지 아는 것은 인간 이해에 매우 중요합니다.

마음은 에너지의 흐름입니다. 모든 벡터(방향을 가진 움직임)에는 작용과 반작용이 있습니다. 심리 에너지도 그러합니다. 의식적 작용과 무의식적 작용은 항상 함께 있다는 걸 염두에 두시기 바랍니다.

나는 이 세상에서 나와는 다른 사람들과 함께 살아가고 있습니다. 다른 사람들의 생각, 성향, 욕구는 나와 같지 않습니다. 내가 바라는 대로 되는 경우가 오히려 드문 일입니다. 그러니 살면서 내 뜻대로 안 된다고 실망하거나 좌절하기 전에 다른 사람이 나와 다를 수밖에 없다는 그 사실을 생각해본다면, 상처 입을 필요가 없겠지요.

더하여 융이 연구한 마음의 기능과 태도, 그에 따른 성격 유형의 특징을 알고 구분하는 정도를 넘어 의식과 무의식이 움직이는 방식까지도 알게 된다면 더욱 마음 편히 세상을 대할 수 있을 것입니다.

마음에도 방향이 있다: 외향과 내향

마음을 기울인다, 마음이 쏠린다는 표현이 있습니다. 물이나 전기가 흐르는 것처럼 마음도 일종의 에너지여서 흐르고 있습니다. 심리 에너지의 흐름이 밖으로 향하면, 그리고 자신의 느낌이나 생각의 근거가 밖에 있으면 외향형이라고 합니다. 반대로 그 흐름이 안으로 향하고 내 느낌이나 생각의 근거를 안에 두고 있으면 내향형이라고 합니다. 두 단어는 심리학의 전문용어임에도 일상생활에서 흔히 쓰이고 있습니다.

외향형인 사람은 외부 세계에, 자신의 내면에서 일어나는 일보다는 세상사에 주의를 더 쏟습니다. 상대적으로 자신의 마음을 깊이 성찰하거나 내면을 파고드는 문제에는 소홀합니다. 내향형은 자신의 내면 세계에 더 가치를 두고 있습니다. 세상 돌아가는 일에 둔감하며 그다지 관심이 없습니다. 자신의 느낌이나 생각을 중요하게 여겨서 그에 몰두합니다. 이런 심리적인 흐름으로 만들어진 두 가지 태도는 모두 다 그 나름의 진실을 지니고 있습니다. 그런데, 현실에서는 서로에 대한 이해 부족으로 마찰이 일어나기도 합니다.

이를테면, 여러 영화제에서의 수상, 유명한 영화평론가들의 상찬, 언론 매체 등에서 받은 5점짜리 별점 등을 근거로 어떤 영화를 '훌륭한 영화'라고 칭찬하는 사람들이 있다고 해봅시다. 반면 이에 동의하지 않는 이들도 있습니다. 자신은 그 영화에서 감흥을 받지 못했는데, 평론가들이 칭찬하고 영화제에서 상을 탔다고 해서 무조건 걸작이라고 말할 순 없다고 합니다.

판단, 생각, 느낌의 기준을 상당 부분 바깥 세계에 두고 있는 외향형은 세평과 발맞추어 영화를 칭찬하는 쪽입니다. 외향형은 자기 마음에서 일어나는 감정이나 느낌에는 둔감한 대신 세상에서 말하고 평하는 자극에 열려 있습니다. 그래서 영화평이나 영화제 수상이라는 외적 사실은 그의 판단이나 느낌에 중요한 기준이 됩니다. 반면, 내향형의 판단, 생각, 느낌은 오로지 자기 내면에 기준을 두고 일어납니다. 자기에게 어떤 느낌이 들었는지, 어떤 생각이 들었는지가 가장 우선됩니다. 남들이 뭐라고 하는지는 별로 중요치 않습니다. 그렇다 보니 자기중심적이다, 외골수다, 편협하다는 등의 평판을 듣게 됩니다.

물론 100% 외향적이거나 100% 내향적인 인간은 없습니다. 대부분의 사람들에겐 이 두 가지 특질이 섞여 있습니다. 또 어떤 때는 외향적이다가도 다른 경우에는 내향적인 태도가 나오기도 합니다. 다만 그 사람의 일상생활에서 외향적인 태도가 자주 나타나면 외향적 성격이라고 하고 내향적인 면이 많이 보이면 내향적 성격이라고 하는 것뿐입니다.

외향적인 성격은 바깥 세계의 자극에 열려 있기에 다른 사람과 잘 어울려 사교적입니다. 그러나 그런 성향이 극단으로 흐르면서 자신의 내면이나 주관을 소홀히 하게 될 위험이 있습니다. 그럴 때 일어나는 게 반동입니다. 평소 활발하고 적극적이던 사람이 갑자기 자기 몸에 생긴 조그만 문제에 노심초사하거나, 사회적으로 호탕하게 행동하는 남자가 사생활에서는 어린애처럼 쪼잔하게 행동하기도 합니다. 외향성이 극단으로 치닫다 보니 내면에서 그를 보상하려는 무의식적 반작용이 일어난 사례입니다.

인간의 마음에는 상반되는 두 가지 심리가 다 들어 있습니다. 겉으로 외향적이고 적극적인 사람으로 보인다면 그 사람의 내면에 숨은 무의식적 심리는 내향적이고 소극적입니다. 내향적인 사람의 무의식은 외향적이고 외향적인 사람의 무의식은 내향적입니다.

외향적인 태도가 일방적으로 내세워지다 보면 외향적이지 않은 것들은 모두 의식에서 쫓겨납니다.(소홀히 하게 됩니다.) 쫓겨난 내향적 태도들은 무의식에 차곡차곡 쌓입니다. 이것이 오래 축적되면 의식적인 태도와 반대되는 무의식적 성향들이 알게 모르게 삐져나오기 시작합니다. 무의식에 있는 것들은 의식적으로 드러나는 모습과 태도와 달리 세련되거나 잘 분화되지 못하여 원시적이고 거칩니다. 그렇다 보니 그 사람의 의식적인 모습이나 태도보다 훨씬 덜 성숙된, 어린애 같은 내향적인 모습으로 드러납니다. 공적으로는 세련되고 공정한 태도를 보여주는 사회 지도자가 사생활 면에서는 유아적이고 자기중심적이고 이기적으로 사는 사실이 드러나기도 합니다.

반대로 겉으로 내향적인 태도와 모습을 보여주는 사람의 경우, 만약 그 사람이 정서적으로 치우치지 않았다면 자신을 돌아보면서 조화롭고 균형 잡힌 행동을 할 것입니다. 그러다 내향적인 성향이 극단으로 치우쳐 주관성을 절대시하게 되면 자기중심주의에 빠져들어 외부 세계와 보조를 맞춰 살아가는 데 곤란을 겪게 됩니다. 내향적인 사람의 무의식은 외향적입니다. 어떤 사람이 자기 주관이 중요하다고 주장하면 할수록 그 사람의 무의식에선 외부 세계가 점점 과장되어 외부 세계에 대한 두려움이 커집니다. 점점 더 세상 사람들 눈치를 보게 되고 타인에 대한 두려움이 싹트게 되지요.

내향적인 성향을 지나치게 고집하는 사람은 때로 자기가 우월하다고 느끼기 위해 외부 세계와의 관계를 끊고 틀어박혀, 자신의 주관성에 위협이 될 만한 것들에 저항하는 모습을 보이게 됩니다. 히키코모리처럼 단절된 생활을 하기도 하고요. 이럴 때는 무의식은 외향적이 되어 외부 세계를 지향하는데, 권력욕이나 지배욕이 강해져서 그걸 충족시키려는 꿈에 시달리기도 합니다. 실제로 이런 정신 작용이 밖으로 분출되는 경우, 묻지 마 살인, 무차별 총기난사 같은 극단적인 범죄로 이어질 수도 있습니다. 이런 범죄를 저지른 사람들은 대개 극도의 은둔 생활을 해왔다는 조사 결과도 있습니다. 무의식의 반작용은 그만큼 무서우므로 알아차리고 적절히 조절해줘야 합니다.

히틀러는 청년 시절 매우 수줍었으며 화가를 지망하는 내향적인 성격이었다고 합니다. 그런 그의 무의식에는 세계를 정복, 지배하고 싶다는 엄청난 권력욕이 숨어 있었습니다. 나폴레옹도 일상생활에선 말수가 적고 수줍은 내향적 성격이었으나 공적인 면에서는 유럽을 전쟁에 몰아넣은 정복자였습니다.

내향형인 사람의 꿈에선 무의식에서 자라고 있는 외향적 성향이 드러나는 일이 많았습니다. 만약 슈퍼스타가 되어 만인의 갈채를 받는 꿈을 꾸거나 대통령이나 유명인을 만나 악수하고 포옹하는 꿈을 꾸었다면 뛰어나가 복권을 살 게 아니라, 먼저 자신이 지나치게 틀어박혀 바깥세상과 단절하여 생활하는 건 아닌지 돌아봐야 합니다.

상아탑에 틀어박혀 연구만 하던 과묵한 내향형 학자가 있다고 해봅시다. 갑자기 정치를 하겠다며 정치판에 뛰어듭니다. 그럴 때 본래 외향형인 사람보다 더 외향적인 성향을 보여줍니다. 함부로 떠들면서 심하게 공격적인 태도를 취하기도 합니다. 그러나 정말로 외향적 성격의 사람들과 달리 내향형이 잠시 외향형인 척할 때는 그 태도가 오래가지 못합니다. 내향형은 사람들 사이에 있으면 쉽게 지쳐버립니다. 그러다 신경쇠약이 되기도 합니다. 그런 경우 다시 내향형에 알맞은 생활로 돌아가면 마음이 편안해지고 생기도 되찾을 수 있습니다.

　외향형인 사람이 뭔가를 깊이 연구하거나 도를 닦는다고 고립된 생활을 하는 경우도 있습니다. 여느 내향형보다 더 고독을 즐기는 듯 보이면서 더욱 은둔합니다. 하지만 얼마 가지 못하고 활기를 잃어버립니다. 이럴 때는 다시 사람들 사이로 돌아가면 활기를 회복할 수 있습니다.

　내향형이든 외향형이든 자기에게 적합한 태도와 생활 방식이 있습니다. 사람들 사이에 오래 어울려 있으면 쉽게 지쳐 혼자 있는 시간을 가져야 기운이 차오르는지(내향적), 혼자 있으면 자꾸 기운이 가라앉으니 사람들과 어울려야 활기를 되찾는지(외향적), 스스로의 성향을 잘 살펴 자신을 돌볼 줄 알아야 합니다.

마음은 어떻게 기능하는가: 사고, 감정, 감각, 직관

마음의 태도로서 심리 에너지의 흐름이 안 VS. 밖, 어디로 흐르느냐에 따라 외향과 내향으로 나눈다면 마음이 어떻게 기능하느냐에 따라 네 가지로 분류하게 됩니다. 사고, 감정, 감각, 직관. 이렇게 네 종류입니다. 나중에 MBTI를 만든 이는 인식perceive과 판단judge을 덧붙였으나 융은 마음이 작용하는 기능을 네 가지로 보았습니다.

사고와 감정은 이성적인 작용을 하는 것이기에—분별하고 판단한다는 의미—합리적 기능이라고 불렀습니다. 감각과 직관—생각할 필요 없이 그냥 느낀다는 뜻—은 비합리적인 기능이라고 했습니다. 이 기능들을 다음 그림과 같이 대칭으로 표현해볼 수 있습니다.

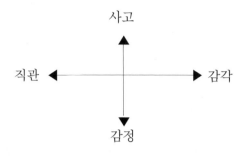

사고

직관 ◄───────► 감각

감정

† 합리적 기능

‡ 사고

무엇에 대해 '옳다 그르다' '맞다 틀리다' 판단한다는 뜻입니다. 여러 가지 관념을 연결시켜 문제 해결에 도달하는 기능이기도 합니다. 즉, 대상을 이해하려는 지적인 마음 작용을 가리킵니다.

‡ 감정

무엇에 대해 '좋다 싫다'라고 판단하는 것입니다. 흔히 감정에 북받쳐 있는 사람에게 '이성을 찾으라'고 충고하는데, 따지고 보면 감정에도 이성이 들어 있습니다. 좋은지 싫은지 판단하는 행위는 생각한다는 뜻이고, 생각은 이성이 작용하여 일어나는 일이기 때문입니다. 감정이란 기분이나 어떤 상황을 평가할 때 그게 나에게 유쾌한지 불쾌한지, 마음에 드는지 아닌지를 판단하여 내가 그것을 받아들일지 물리칠지를 결정하는 마음 작용입니다.

† 비합리적 기능

‡ 감각

감각기관이 물리적 자극을 받아 만들어지는 경험입니다. 의식이 깨달아서 아는 경험입니다. 그냥 아는 것이지, 생각을 해서 아는 경험은 아닙니다.('곶감 맛이 느껴져 곶감 맛이 난다고 했을 뿐인데 그 근거를 물으시면 어떡합니까' 라는 드라마 〈대장금〉의 유명한 대사처럼) 사람에게는 다섯 가지 감각기관이 있습니다. 시각, 청각, 후각, 미각, 촉각. 우리의 감각기관에 비롯되어 생겨나는 감각이므로 의식은 알고 있습니다. 그래서 의식적 지각이라고도 합니다.

‡ 직관

감각과는 반대로 무의식적인 느낌입니다. 느낌은 있는데 그것이 어떻게 생겨났는지를 모른다는 뜻입니다. 본능적으로 파악해서 아는 작용이라고 할 수 있습니다. 감각과 마찬가지로 생각해서 아는 것이 아니라 그냥 직접적으로 알게 되는 것입니다. 왜 그런 느낌이 들었는지 설명할 수 있는 것이 감각이라면, 직관은 설명할 수 없다는 것이 차이입니다. 그저 갑자기 그런 느낌이 들었다, 혹은 내 육감이 그렇다,라고 표현할 수밖에 없습니다. 그 직관이 어디서 왔는지, 어떻게 생겨났는지 당사자도 알지 못합니다. 다음은 마음의 네 가지 기능에 대한 융의 설명입니다.

"이 네 가지 기능적 유형들은 의식이 경험에 대해 지향하는 것을 얻는 네 가지 방법과 일치하고 있다. 감각은 무엇인가가 존재하고 있다는 사실을 알려주고, 감정은 그것이 나에게 유쾌한지 불쾌한지를 알려주며, 직관은 그것이 어디서 와서 어디로 갈 것인지를 알려준다."

이런 네 가지 기능 모두 사람의 마음에 들어 있지만 어떤 기능을 더 자주, 더 잘 쓰느냐에 따라 성격 유형이 달라집니다. 두 가지 태도와 네 가지 기능을 그림으로 나타낸 표를 보세요. 태도와 기능이 어우러지면 여덟 가지 성격 유형으로 나눌 수가 있습니다.

외향 Extroversion	에너지가 흐르는 방향(주의, 초점) 에너지를 어디서 얻는가?	내향 Introversion
감각 Sense	인식 기준(정보 수집) 정보를 얻을 때 어디에 의지하는가?	직관 Intuition
사고 Thinking	판단 기준(결정, 선택) 결정 내릴 때 어떤 체계를 사용하는가?	감정 Feeling

성격 유형의 대표적 특성들

외향	내향	사고	감정	감각	직관
활동적	반성적	머리	가슴	세부적	패턴
외부로	내부로	객관	주관	현재	미래
사교적	말이 없는	정의	조화	실리적	상상적
다수	소수	초연	관심	사실적	개혁적
표현적	조용한	비개인적	개인적	차례대로	임의대로
넓게	깊게	비판	감사	일관성	다양성
사람들과 함께	개인적 공간	분석	공감	즐김	바람
		정확	설득	노력	영감
		원리 원칙	가치들	유지	변화
				안내에 따라	예감에 따라

MBTI의 뼈대: 여덟 가지 성격 유형

⬇ 외향 사고형

외향 사고형인 사람들은 객관적인 사고 기능이 삶의 중심입니다. 어떤 일에서든 '옳다, 그르다'는 판단을 먼저 내놓습니다. 그런데, 그 판단의 기준은 자신의 마음이 아닌 세상에서 평가되는 객관적 기준이 중심이 됩니다.

여러 경험을 자료 삼아 종합하여 일반적인 견해에 도달하거나 거기서부터 새로운 결론을 이끌어내기를 좋아합니다. 지적인 판단, 객관성을 중요시합니다. 과학, 수학 등 객관적인 세계를 연구하는 학자들 중에 이 유형이 많습니다. 도덕적인 판단, 선과 악에 대한 판단, 아름답다거나 추하다는 판단도 주관이 아닌 객관적인 기준을 따라갑니다. 말할 때는 일반성, 객관성을 강조하기 때문에 그 사람 개인의 감정은 거의 들어 있지 않습니다. 이들은 감정이 잘 드러나지 않아 자칫 개성이 없고 무미건조하게 보이기도 합니다. 공정하고 공평하며, 객관적인 것을 추구합니다. 의식에서 이런 가치에 치우치다 보면 무의식적으로는 개인적이고 감정적인 성향을 띠게 됩니다.

❧ 내향 사고형

외향 사고형과 마찬가지로 이 유형의 사람들도 '옳다, 그르다'는 지적인 가치를 중심으로 두고 생각합니다. 외향 사고형과 달리 지적인 판단의 기준이 외부 세계가 아닌 자신의 내면에 있습니다. 때문에 다른 사람들이 이들을 이해하는 데 어려움을 겪기도 합니다. 흔히 독선적이니, 이상주의적이니 하는 평을 듣기도 합니다.

이 유형의 사람들은 무슨 일을 대하든 보다 근원을 파고들려 하는데, 자신의 생각 회로를 좇아가는 데 끈질기고 집요한 면이 있습니다.

철학자, 심리학자, 심리치료사 같은 일을 하는 사람들 가운데 이 유형이 많습니다. 사람의 마음, 정신에 관계되는 학문을 연구합니다. 이들은 다른 사람의 영향을 쉽게 받지 않습니다. 남의 의견을 받아들이는 일이 다른 성격 유형의 사람들보다 배는 힘듭니다. 이들이 생각하고 연구한 결과는 논리적으로는 타당할 수 있어도 자칫 현실의 문제와는 동떨어진 것이 되기도 합니다.

내향적인 사고가 극단으로 치달아 정신분열을 겪는 경우도 간혹 생깁니다. 정신 세계가 그 나름의 논리 체계를 가져 정합성은 있으나 실제 현실의 움직임과는 너무나 동떨어져 있기 때문에 이런 일이 일어나는 것이지요. 정신 세계와 현실 세계의 접점을 자칫 잃게 되면 남들이 이해할 수 없는 말과 행동을 하는 것입니다.

이 유형의 사람들은 타인에게 무뚝뚝하고 거만하고 쌀쌀맞게 보이기도 합니다. 고집이 세며, 외향 사고형과 달리 자신의 생각을 객관적으로 설명하는 일에 서툴기 때문에 남들에게 이해받지 못해 고생하기도 합니다. 남에게 제대로 설명하고 이해받는 데 크게 관심이 없기도 합니다. 때로 주관적 진실과 자신의 인격을 혼동하여 객관적으로 설명하는 일을 잘 못하는 대신 예민한 감정을 드러내기도 합니다. 이지적이고 차갑게 보이지만 무의식 깊은 곳에 뜨거운 믿음과 정열이 숨어 있기도 하여, 가끔 그런 면이 드러나면 주위 사람들이 깜짝 놀라기도 합니다.

◆ 외향 감정형

융에 따르면, 이 유형은 주로 여성들에게서 자주 보인

다고 합니다. 생각보다 감정을 중요시하면서 살아갑니다. 생활의 중심은 감정 기능이어서 무엇을 대하든 '옳다, 그르다'는 판단에 앞서 '좋다, 싫다'는 판단이 먼저 일어납니다. 그런데 그 판단의 근거가 자신의 마음이 아니라 일반적으로 통용되는 가치, 즉 사람들이 좋다는 걸 좋다고 하는 편이어서 객관적인 감정을 따른다고 하겠습니다.

이런 유형의 사람들은 친구를 쉽게 사귀고 다른 사람들을 즐겁게 해줄 줄 압니다. 모임에 나타나면 가라앉았던 분위기를 갑자기 활기 돌게 하는 사람이 있습니다. 그런 사람이 바로 외향 감정형인 경우가 많습니다. 다른 사람의 감정에 잘 동조해줍니다. 그러나 사고형의 사람들과 대화하면 쉽게 상처받기도 하고, 사람들 사이에 있지 않고 혼자 있으면 풀이 죽기 쉽습니다.

이 유형의 사람들은 변덕이 심해 보일 수도 있습니다. 상황이 변함에 따라 감정도 변하는 편이기 때문입니다. 다른 사람들에게 보이는 애착이 오래 지속되지 않기도 하며, 마음이 쉽게 바뀌기에 감정적이며 기분파로 보입니다.

이런 유형의 사람들은 무엇인가를 신중하게 따져서 그 의미를 찾는 일을 좋아하지 않습니다. 이들은 대체로 '좋다, 싫다' 정도의 판단으로 충분합니다. 이들의 사고 흐름은 감정을 따라가므로 사고형의 사람들의 눈에는 주견이라곤 없이 분위기에 휩쓸려서 살아가는 것처럼 비치기도 합니다. 감정 중심의 태도만 너무 일방적으로 발전하다 보면 감정이 지닌 싱싱한 생기가 사라질 수도 있습니다.

❀ 내향 감정형

이 유형도 여성에게서 많이 보인다고 합니다. 생활하는데 '좋다 VS. 싫다' 하는 감정 기능이 우선시되고 중요합니다. 그러나 외향 감정형과 달리 그 좋고 싫음의 기준이 자기 마음속에 있으므로 밖으로는 잘 드러나지 않고 본인부터가 드러낼 필요도 느끼지 못합니다. 겉보기에 이런 사람들은 말수가 적고 접근하기가 어려우며, 바깥 세계에 무관심한 듯 보입니다. 다른 사람들이 그의 마음을 제대로 짐작해내기 어렵습니다. 그러나 이런 유형의 사람들은 마음속 감정이 잘 분화되어 있기 때문에 무엇이 정말 중요한지 제대로 판단할 줄 압니다. 남들에게 영향을 끼치려고 하지도 않고 다른 사람들의 기분을 북돋아주거나 맞춰주려고도 하지 않습니다. 따라서 그들의 마음은 조화롭고 쾌적하며 안정을 누리고 있는 편입니다. 다른 사람들에게는 흔히 신비롭다거나 차가운 인상을 주기 쉬운

데, 이런 면이 지나치다 보면 침울하고 의기소침해 보이며 속을 알 수 없는 사람으로 비치기도 합니다.

이들의 의식이 열정을 드러내지 않으면 않을수록 무의식은 열정적인 성향을 띱니다. 따라서 무의식이 겉으로 분출하게 되면 깊고 열렬한 감정이 나와 주위 사람들을 깜짝 놀라게 합니다. 평소 대단히 수줍고 말수도 적은 이가 주저 없이 모험을 감행하여 주변 사람들을 깜짝 놀라게 하는 경우도 이런 유형에게서 발견되는 모습입니다.

⩗ 외향 감각형

외향 감각형인 사람들에게는 그 사람의 감각을 가장 강렬하게 자극하는 사물이나 일, 사람들이 결정적인 영향력을 행사합니다. 다른 어떤 유형의 사람들보다 현실주의자입니다. 이들의 가치 기준은 객관적인 성질로서 규정될 수 있는 감각의 강도입니다. 즉, 감각적인 생활을 중요하게 여겨서 그것에 매여 살아간다고 할 수 있습니다.

이런 사람들은 어떤 질문을 하든 아주 구체적이고 현실적으로 합니다. 약도를 보고 목적지를 찾을 때도 아주 쉽게 찾습니다. 사물이나 사람들 사이의 차이점도 빠르게 감각해 짚어낼 수 있습니다. 그러나 구체적인 사물에 대한 경험을 추구하여 쉴 새 없이 쌓아가려고 하다 보니 그런 경험들을 되돌아보고 정리하는 데는 소홀합니다. 진지하게 의미를 성찰하는 일에 스스로 관심이 없기도 합니다. 이들은 앞일을 계획한다든지 인생의 의미를 치열하게 찾는다든지 하는 일에는 관심이 없고, 구체적으로 느껴지는 현실 속에서만 비로소 편안하게 숨 쉴 수 있습니다.

어떤 하나의 일을 여러 번 반복해서 실행하도록 강요받으면 폭발할 정도로 잘 받아들이지 못합니다. 겉보기에는 관능, 즐거움을 추구하는 듯 보이며, 외부 세계에서 나에게 주어지는 감각에 예민하기 때문에 음식, 사건, 사람을 품평하는 일을 아주 잘합니다. 종종 알코올이나 약물 같은 여러 중독에 빠지기 쉽다는 문제가 있습니다.

↓ 내향 감각형

내향 감각형들은 겉으로는 아무 불만이나 욕구가 없는 사람으로 비칠지도 모릅니다. 가령 기차를 타고 간다면, 창가 풍경을 보며 몇 시간이고 아무 불평도 하지 않고 즐거워하기도 합니다. 이들 삶의 중심은 외향 감각형처럼 '어떤 느낌이 드는가?' 하는 감각입니다. 그 느낌의 기준이 외부 세계가 아닌 자기 마음속에 있습니다. '내게 어떤 느낌이 드는가?' 하는 문제가 가장 중요합니다. 조금 어렵게 말해보면, 이런 유형의 사람들은 객관적인 자극에 의해서 일어난 내면의 주관적인 느낌에 따라 행동합니다.

이들에게 감각이란 우선적으로 자신과 관계가 있어야만 의미가 있습니다. 객관적인 세계는 부차적인 것입니다. 세계를 볼 때도 표면을 보기보다는 그 속을 들여다보려고 하는데, 이들이 느끼기에 사람들을 둘러싼 외적인 세계란 자신의 내면 세계에 비하면 평범하여 흥미를 끌기 어렵습니다. 이 유형 중에는 예술적인 감각이 뛰어난 이가 많습니다. 그러나 내향적인 성향을 가진 사람들이 자주 그러하듯 그런 감각을 밖으로 표현하여 타인과 소통하는 데는 서툴고 또한 소통에 관심이 없기도 합니다.

다른 사람들이 보기에 내향 감각형들은 그저 무난한 사람입니다. 조용하고 수동적이고 자제심도 있어 보이는데, 그것은 외부 세계에 대한 무관심에서 비롯된 경우가 많습니다. 잠잠하게 순응하면서 지내는 것 같다가도 엉뚱한 지점에서 화를 내어 주변 사람들을 어리둥절하게 만들기도 합니다. 현실에 관심이 별로 없기 때문에 다른 사람들에게 이용당하기 쉬우며 때로는 그 반동으로 무의식에서 분출된 지배욕에 사로잡혀 다른 사람들이 그 점을 이해하기 어려워하기도 합니다.

▼ 외향 직관형

융의 견해로는 이 유형도 여성들에게서 많이 발견된다고 합니다. 이런 유형의 사람들은 외부 세계의 새로운 가능성을 찾아내는 데 탁월한 능력이 있습니다. 실제로 이런 유형의 사람들은 자기가 다른 사람과의 관계에서 이익을 보는지 손해를 보는지 따위엔 큰 관심을 두지 않습니다. 자신의 흥미, 관심이 가는 대로 좇아갑니다. 단점은 다소 불안정하고 경솔해질 수 있다는 것입니다. 이런 사람들 중에는 타인을 이용하다가 쓸모없어졌다면서 무자비하게 내버린다는 비난을 듣는 이들이 많습니다. 그런데 작심하고 사람을 이용하고 버리는 건 아닙니다. 한 가지 문제에 관심을 오래 지속시키지 못하고 늘 새로운 가능성을 찾아 이리저리 자리를 옮기는 본성이 있습니다.

사회 정세가 어떻게 변할 거라든지, 주식 시세가 오르고 내리는 데 대한 예측, 유행을 예견하는 데 탁월합니다. 그러나 그 판단의 근거를 합리적으로 뒷받침해가며 설명하지는 못합니다. '그런 느낌이 든다'는 것이 전부입니다.

이들은 어떤 사람에게 앞으로 어떤 가능성이 있으리라

는 것을 쉽게 알아차리고 그것을 객관적인 세계에서 실현하도록 도와주는 일을 잘합니다. 융은 이런 이들을 가리켜 '미래를 창조하는 사람들'이라 불렀습니다. 서양의 미술사나 음악사에 나오는, 밑바닥에서 재능을 꽃피우지 못하고 헤매는 예술가들의 재능을 알아보고 발굴해 이름을 떨치도록 도와주는 사람들이 바로 이런 유형입니다.

따뜻한 사람으로 보이지 않는 게 이들의 결점입니다. 또 자신의 건강이나 신체 감각에는 소홀하고 관심을 두지 않기 때문에 병이 난 뒤에야 자신을 되돌아보곤 합니다. 의식에서 외향 직관의 태도가 지나치게 강조되다 보면 무의식의 반작용은 점점 커져서 나중엔 건강염려증(심기증)에 걸리기도 합니다. 자신이 모종의 무서운 병에 걸렸을 것이라고 염려하여 병원을 찾아다니며 진찰받다가도, 아무런 병증이 발견되지 않으면 의사의 진단이 잘못됐다고 여기고 또 다른 병원을 찾아다니기도 합니다.

🌱 내향 직관형

이 유형에도 예술가들이 많습니다. 몽상가, 괴짜, 예언가, 사상가라고 불리는 사람들도 대체로 내향 직관형입니다. 남들이 보기에 수수께끼 같은 인물입니다. 스스로도 자신이 세상에서 이해받지 못하는 천재라고 생각하는 경우가 많습니다.

이들에게 중요한 것은 현실의 가능성이 아니라 정신 세계에 있어서 미래의 가능성입니다. 그렇기 때문에 시대를 앞서가서 그 시대의 사람들에게 인정받지 못한 채로 살아가게 되는 경우가 많습니다. 아이디어는 많지만, 그것을 실현할 방도는 찾아내지 못합니다. 바깥 세계와의 접촉을 소홀히 하기 때문에 다른 사람들과의 의사소통이 어려운 것입니다. 심지어는 같은 내향 직관형인 사람들끼리도 서로 의사소통을 하지 못하는 경우도 많습니다.

길눈이 어둡다거나 한번 갔던 길을 못 찾아서 헤매기도 합니다. 미래의 정신적 가능성에 관해서는 예민하기 짝이 없습니다. 고대 그리스의 철학자인 탈레스가 밤하늘의 별을 연구하면서 걸어가다가 발밑에 있는 웅덩이에 빠져 사람들의 비웃음을 받았던 일이 내향 직관형의 상징적인 예라고 하겠습니다. 이들은 객관적인 현실을 무시하는 버릇이 있어 현실 감각이 결핍되어 있습니다.

이 유형은 자신의 경험을 합리적으로 설명하는 것을 곤란해합니다. 그러니 합리적으로 이해할 수 있게 설명해 달라거나 그렇게 행동하라고 요구하는 건 무리입니다.

길잡이

진짜 '나'를 찾아 나의 성격 탐구하기

여덟 가지 성격 유형을 읽으며 어떤 생각이 들었나요? 여러분과 주변 인물들의 성격이 언뜻언뜻 연상되었을 것입니다. 이제는 자신의 성격을 탐색하는 글을 한번 적어볼 차례입니다.

【예문】 나의 성격 탐구

나는 어릴 때부터 소심하고 내성적이었다. 낯선 사람이 주변에 있으면 그가 내 얘기를 들을까 두려워 엄마에게 귓속말을 하다 혼나기 일쑤였다. 그러면 나는 더 움츠러들어 하고 싶은 말을 삼키고 입을 닫는 쪽을 택했다. […]

사춘기가 지나면서 이런 내 성격은 콤플렉스가 되었다. 어느새 나는 나를 감추고 내가 원하는 모습으로 포장하고 있었다. 소심함을 감추고 대범한 척했고, 내향적인 모습을 감추고 활달하고 사교적인 척했다. 그 결과 내가 어떤 사람인지 명확히 알지 못한 채 꽤 오랜 시간을 살았다. 그리고 그 시간은 부작용을 낳았다.

…내가 진정 행복할 수 있고 잘할 수 있는 일을 찾아내어 하고 싶었다. 하지만 어려웠다. 내가 무엇을 좋아하는지, 무엇을 할 때 행복한

지 아무리 생각해도 답이 나오지 않았다. 그럼에도 불구하고 매년 학교에서 조사하는 '장래 희망'란은 채워야 했기에 내 꿈은 '교사'가 되었다. 다행히 어른이 되어 회사에 취직을 했고, 회사 일도 잘한다는 칭찬도 듣고 때때로 즐겁기도 했다. 하지만 어딘가 마음 밑바닥에 늘 뚫린 곳이 있었다. 대체로 생활은 안정적이었지만 이런 공허함을 늘 느끼곤 했다. 자신의 꿈을 이뤄가는 사람들, 꿈을 향해 열정적으로 달려가는 사람들을 보면 내 마음 깊은 곳에서 나에게 무슨 말을 하는 듯했다. […]

어려운 일을 겪은 후 비로소 나를 찾는 여정을 시작했다. 혼자 있는 시간을 가지면서 나를 되돌아보았다. 나는 이성적이고 대범한 사람이라고 생각하면서 살아왔지만, 자세히 들여다보니 꽤 감정적이며 여전히 소심하고 예민했다. 그동안 몰랐던 나를 발견할 때마다, 여러 생각과 감정이 떠다닐 때마다 노트 위에 글로 풀어보았다. 흐릿하고 막연했던 생각, 감정이 선명해지고 점차 형태를 갖추어갔다. […]

대단한 작가, 지식인들,
남다른 생각을 가진 이들이나
글을 쓴다는 선입견이 있지요.

남의 눈에 좋게 보이기 위해
내 생각을 조정해 글쓰려는
생각은 하지 마세요.

오히려
내 마음 깊은 곳
어두운 그림자,
인정하고 싶지 않은 욕망,
고통받아 울부짖는
짐승 같은 모습을
누구의 눈치도 보지 않고
솔직하게 표현하기 위해
글쓰기는 존재합니다.

글을 쓰다 보면
산만한 잡념을 뚫고
내 안에 있던 또 다른 내가
나서는 것을
느낄 수 있습니다.

나의 이야기를 씁시다.
♡
그로부터 얻는
내면의 자유는
그 무엇에도
비할 수 없습니다.

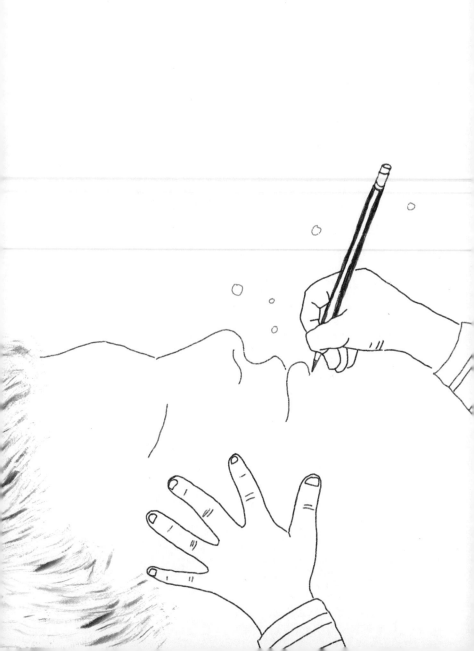

1. 자존감의 핵심, 자아상

진짜 '나'를 찾아가는 여정을 예전에는 자아실현 혹은 인격도야라고 말하기도 했습니다. 동서양, 과거와 현재를 가릴 것 없이 종교나 정신적 지도자들은 같은 목소리로 인격을 닦아야 행복하게 살게 된다고 가르쳤습니다. 자기를 돌아보고 내면에서 들리는 목소리에 귀를 기울이며 그에 따라 사는 게 잘 사는 비법, 즉 행복해지는 비결이라는 것입니다.

'자존감이 높아야 행복하게 살 수 있다'는 말도 결국 같은 내용입니다. 자존감이 높으면 주변 환경에 휘둘리지 않고 자기다운 인생길을 뚝심있게 걸어가게 된다는 의미지요. 자존감이란, 자기 자신이 '가치있다, 귀하다'고 여기는 마음입니다. 이 자존감 영역에서 더 탐구해야 봐야 할 영역이 있습니다. 바로 자아상입니다.

자아상이란, 자기 마음속에 품고 있는 자기의 모습입니다. 스스로 '나는 이런 사람이다'라고 생각하는 그것입니다. 예를 들어 예전에 나는 자신이 꽤 선량한, 평균 이상의 사람이라는 자아상을 가지고 있었습니다. 남들에게 모진 말이나 행동은 잘 못하는 편이고 남을 돕는 걸 좋아하고 무슨 일을 하더라도 열성적입니다. 그런데, 이런 나를 두고 남들도 평균 이상의 인간이라고 생각할지는 다른 문제입니다. 자신을 이 세상에서 쓸 데라곤 없는 인간이라고 생각하는 이가 있었습니다. 나를 포함해 주변의 많은 이들이 그를 능력도 있고 이타적인 사람으로 보았지만, 아무도 그의 그런 믿음을 깨뜨리지 못했습니다. 이렇듯 자아상이란, 남들이 그렇다고 인정하든 말든 자신이 믿고 있는 자기의 모습입니다. 그러므로 주관적입니다.

그렇다면 나의 자아상은 다른 사람들이 생각하는 '나'와 비슷할까요? 다를까요? 만약 다르다면 왜 다를까요? 왜 나는 자신을 그렇다고 생각하게 되었을까요?

놀이동산에서 거울의 집에 들어가본 적이 있나요? 어두컴컴한 방 안에 들어가면 벽면에는 이상한 거울들이 빼곡히 붙어 있습니다. 이쪽을 보면 넙데데하게 퍼진 얼굴에 짤막한 사지를 가진 난쟁이의 모습이 있고, 저쪽을 보면 주먹만 한 얼굴에 배만 볼록 튀어나온 외계인 같은 모습이 보입니다. 때로는 거미처럼 팔다리가 무한정 늘어난 것처럼 보이기도 합니다. 처음엔 어리둥절하기도 하지만 곧 그것이 모두 거울에 비추인 나의 모습이라는 걸 알아차립니다. 그곳에 붙어 있는 거울들은 보통의 거울 같지가 않습니다. 위나 아래, 중간 부분들을 일부러 올록볼록 튀어나오게 만든 것이지요. 그래서 내 모습이 실제와 달리 과장되거나 비틀리게 반사되는 것입니다.

우리는 자신의 모습을 직접 보지는 못합니다. 거울에 비추인 모습을 보고서 '음, 나는 이렇게 생겼구나' '이게 나구나' 하게 됩니다. 만약 어떤 사람이 평생을 볼록거울에 비추인 자기 모습만 보아왔다면 자기 모습은 얼굴이 몸에 비해 큰 가분수라고 믿을 것입니다.

그처럼, 우리 마음속에 있는 자아상은 내 주변 사람들이 거울 역할을 하여 비춰준 모습에 따라 만들어집니다. 자아상을 만드는 데 핵심적인 역할을 하는 주변 사람은 바로 그 아이를 길러주는 양육자입니다. 즉, 주로 부모와 가까운 가족들입니다.

열등감이 심하고 쉽게 절망하는 사람들을 조사해보니

하나같이 어릴 때 자신의 마음을 제대로 된 거울처럼 비춰주는 부모가 없는 경우가 많았습니다. 상처받은 마음을 비춰 바라보도록 하면 그 상처는 사라집니다. 누구나 자신의 마음을 제대로 된 거울처럼 비춰주는 주변 사람들이 필요합니다. 어릴 때 부모가 이 역할을 해주는 것입니다.

어린 시절 부모가 만들어주는 자아상이 그 사람의 인생에 얼마나 결정적인 영향을 끼치는지 다음 두 사람의 예를 보면 좋을 것입니다. 동화작가 안데르센과 영화배우 매릴린 먼로입니다.

이 두 사람은 태어난 환경이 비슷합니다. 궁핍한 가정에서 태어났으며, 태어난 지 얼마 안 되어 아버지를 잃고 홀어머니 슬하에서 자랐고, 성인이 되어서는 두 사람 다 세계적인 명성을 얻었는데, 안데르센은 행복한 만년을 보냈고, 먼로는 36세에 자살했습니다.

먼로의 아버지가 집을 나가자, 먼로의 어머니는 자기 한 몸 감당하기도 버거워 딸 먼로를 고아원에 보냈습니다. 먼로는 위탁가정을 전전하며 살았습니다. 안데르센의 어머니는 세탁부로 일했는데 극빈층에 속하는 고달픈 환경에서도 아들 안데르센에 대해서는 무한한 지지를 아끼지 않았습니다.

덴마크에서는 가을이면 추수가 다 끝난 밭에서 빈민들이 이삭을 줍는 풍습이 있었습니다. 안데르센이 다섯 살 무렵, 어머니와 이삭줍기를 하러 갔습니다. 밭 주인은 채찍을 휘둘러 이삭줍기를 하러 온 빈민들을 쫓아냈습니다. 모두들 도망갔으나 안데르센은 피하지 않고 밭 주인에게 항의했습니다. "아저씨는 왜 사람을 때려요? 하느님이 보고 계세요." 밭 주인은 채찍질을 멈추고 안데르센의 이름을 물은 다음 은화 한 닢을 주었습니다. 안데르센의 어머니는 이 일을 자랑스러워했고, 안데르센이 무엇을 하든 늘 지지해주었습니다. 열세 살 안데르센이 공부를 하고 싶다며 무일푼으로 고향을 떠나 수도 코펜하겐으로 향할 때도, 어머니만은 믿음과 격려를 아끼지 않았습니다.

먼로는 열여덟 살의 나이에 배우로 데뷔했고, 그녀가 영화사를 먹여 살린다는 말을 들을 정도로 직업적으로 성공했습니다. 두 번 결혼했는데, 두 번째 남편이었던 노벨상 작가 아서 밀러의 말에 따르면 먼로는 한번 자신이 무가치하다는 느낌에 빠지면 그 우울증이 너무 심각해서 옆에서 도와줄 수가 없었다고 합니다.

어렸을 때 양육을 하는 사람이 보이는 태도는 아이가 성장하여 살아갈 때 핵심이 되는 자아상을 만듭니다. 자아상은 인생이란 배의 무게중심을 잡아주는 선박 평형수와 같습니다. 평형수가 제대로 채워지지 않으면 배는 기우뚱거리다 전복하고 말지요.

세 살이 될 때까지 부모가 자식을 대한 태도가 자식의 자아상 형성에 지대한 영향을 미친다고 해요. 아이였을 때 부모가 '참 쓸모없는 아이다' '공연히 애를 낳아서 내가 고생한다'는 느낌으로 대했다면, 그 사람의 자아상은 자신은 존재할 가치가 없고 쓸모없다는 내용을 갖게 됩니다. 자연히 성인이 되어서도 매사에 자신감이 없고 비관적이며 움츠러들어 생활하게 됩니다. 이런 성향이 아주 극심한 경우에는, 자신은 세상에서 없어져야 할 존재라고 생각하여 문제 행동을 하거나 현실에서 도피하려고 술이나 마약에 빠지는 식의 자기 파괴적인 행동을 하기도 합니다.

이처럼 자아상은 사람의 행동이나 태도, 사고 등 모든 것을 지배합니다. 그러므로 자신을 가치 있는 사람, 이 세상이 필요로 하는 사람, 무엇을 하든 어떻게 살든 사랑받는 사람이라고 느끼는 건 행복하게 살기 위한 바탕이 됩니다. 자아상 형성엔 '지금 내가 다른 사람들에게 어떻게 대우받고 있는가'보다 '어린 시절, 내가 중요하다고 생각했던 사람들로부터 난 어떤 대우를 받았는가'가 더 강력한 힘을 미친다고 합니다.

제대로 된 자아상을 갖지 못하고 있을 때 흔히들 자존감이 낮다고 말합니다.

자존감은 자아상에서 비롯됩니다.

자존감과 자존심은 다릅니다. 자존감이 낮다고 해서 자존심도 낮지는 않습니다. 오히려 자존감이 낮은 사람은 주변 사람들이 보기에 보통 사람보다 더 자기 위주로 행동하기도 합니다. 때론 자기만 의식하고 있기 때문에(자신에게만 깊은 주의력을 쏟고 있어) NPD(Narcissistic Personality Disorder, 자기애적 성격장애) 증상을 보이기도 합니다.

이런 사람들은 언제 어디서든, 무슨 일을 당하든, 자기만 생각하고 자기 위주의 말을 합니다. 그래서 무엇이든지 다 자기와 연결 지어서 받아들여 주변 사람들을 곤혹스럽게 만듭니다. 그 사람의 마음속에는 자기가 옳다는 것, 자신이 더 잘났다는 걸 보여줘야 한다는 강박적인 욕구가 있습니다. 그 욕구를 채우기 위해 다른 사람들의 인정을 받으려고 과도하게 애씁니다. 다른 사람들 눈에 그는 이기주의자, 무슨 일이든 꼭 사족(불필요한 변명이나 해명, 자기 합리화)을 다는 사람으로 비칩니다.

또 자존감이 낮은 사람은 자신감이 없기 때문에 움츠러들어 다른 사람과의 접촉을 피하기도 합니다. 고립된 생활을 해야 마음이 놓이는 겁니다. 이와 반대로 다른 사람에게 과도하게 의지하여 자기에게 자신감을 안겨줄 사람을 찾아 헤매기도 하는데, 그런 사람을 만났다 싶으면 그에게 그루밍이나 가스라이팅을 당하면서도 떨어져 나오지 못하기도 합니다.

어떤 식으로 행동하든 자존감이 낮은 사람은 대인관계에서 그 언행이 과장되어 보인다는 특징이 있습니다. 그렇다 보니 주변 사람들은 그가 부담스러워 멀리하게 되고 그 결과 그 사람은 칭찬과 인정을 갈망하며 다른 사람들을 찾아 더욱 의존하게 되는 악순환에 빠집니다.

나에 대한 설명을 써봅시다. 이름, 나이, 성별, 하는 일, 가족 관계 등을 쓸 수 있겠지요. '당신은 누구입니까'라는 질문에 내가 전형적으로 하는 답을 적어봅시다.

이렇게 적어본 나에 대한 설명 가운데 바꿀 만한 것이 있는지 생각해봅시다. 만약 그 꼬리표들이 바뀐 뒤에도 '나'는 여전히 나로 남아 그 변화를 인지할 수 있을까요? 알아차리는 것, 그 힘이 메타인지입니다.

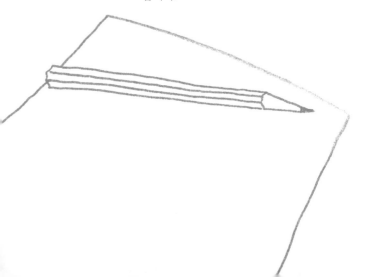

2. 낮은 자아상으로 생긴 문제들 치유하기
열등감: 온전히 사랑받지 못한 나에게

열등감이란, 자신을 실제 이하로 낮게 생각하고 평가하고 있는 상태를 가리킵니다. 열등감을 가진 사람들은 겉으로는 우월한 척 당당한 척할지라도 마음속으로는 자신이 무가치하고 쓸모없다고 느끼며 괴로워합니다. 어쩐지 쓸쓸하고 외롭고 뭔가 부족한 것 같다고 느껴지면 자기 주변을 둘러보고 외부에서 원인이나 해결책을 찾아보지만 아주 잠깐 만족하게 될 뿐, 이내 본래의 상태로 되돌아가고 맙니다. 그럴 땐 나의 내면에 열등감이 있는지 살펴볼 필요가 있습니다.

열등감은 대개 어렸을 때 버림받은 경험에서 비롯됩니다. 가령 어린 시절 아들이 아니라 딸이라고 소외당했다거나, 또 부모에게 이런저런 사정이 생겨 자녀를 돌볼 형편이 못 돼 방치되었거나, 다른 사람에게 양육이 맡겨졌거나, 편애가 심한 부모 아래서 다른 형제와 차별을 받으며 자랐다거나 할 때 생기게 됩니다.

부모 중 어느 한쪽을 잃어버려도 아이는 정신적으로 상처 입기 쉽습니다. '문제아는 없고 문제 부모만 있다'는 말은 절대적으로 옳습니다. 모든 부모에게 자녀를 아끼고 사랑하는 마음은 있을 겁니다. 그렇더라도 부모가 직업적인 성취(업적 쌓기나 승진 등)에 목매고 있어 아이에게 시간을 내지 못하면 아이는 사랑받는다고 느끼지 못합니다. 이런 상태가 오래 지속되면, '난 사랑받을 만한 존재가 아니라 그런 거야. 그러므로 나는 무가치한 존재야'라고 느끼게 되며, 낮은 자아상으로 열등감을 품게 됩니다.

'사랑한다'고 말하는 행위가 곧 사랑을 하는 것이라고 여기는 사람들이 종종 있습니다. 사랑을 행하는 것에서 '사랑한다'고 말하는 것은 아주 작은 부분에 불과합니다. 말을 어떻게 하든 아이들은—나이가 어리면 어릴수록—행동을 통해 상대의 마음을 알아차립니다. 험상궂은 표정을 지으며 아가에게 '너 예쁘다'라고 말하면 울음을 터뜨립니다. 반면 다정한 미소를 띠고 '너 싫어해'라고 말하면 방긋방긋 웃습니다. 행동을 통해 사랑받고 있는지를 판단하는 것입니다. 아이에게 아무리 사랑한다고 말을 한들, 실제로 그 부모가 보이는 태도와 행동이 그렇지 않다면,

아이는 자신이 진정 사랑받고 있다고 느끼지 못합니다.

아빠가 아이에게 일요일에 놀이공원에 놀러 가자고 약속합니다. 그러나 막상 일요일이 되자 회사에 급한 일이 생겨서 약속을 지키지 못합니다. 한두 번을 넘어 이런 일이 계속 되풀이되면 아이의 마음에는 아빠에겐 자신이 회사보다 덜 소중한 존재라는 느낌이 자리 잡습니다. 아빠가 아이에게 "난 널 정말 사랑한다"라고 수십 번 말해 줘도 아이는 잘 믿지 못합니다. 그리고 사랑받지 못하는 까닭을 다른 데서 찾는 게 아니라 자기 자신에게서 찾습니다. 자신이 사랑받을 만한 가치가 없는 존재라서 그렇다고 생각하게 됩니다. 바로 그런 생각이 낮은 자아상을 만들고 자신감을 위축시켜 열등감을 키우게 됩니다.

아이가 귀찮게 군다고, 시끄럽게 떠들고 정신 사납게 행동한다고 아이의 말과 행동을 무조건 가로막고 윽박지른다면, 아이들은 그것 또한 부모가 나를 사랑하지 않는 증거라고 받아들이기도 합니다.

부모 자식 간의 사랑이든, 성인인 남녀 간의 사랑이든, 사랑하는 행동의 핵심은 같습니다. 사랑한다면, 상대방에게 자신의 관심과 시간을 기울이게 됩니다. 그 사람의 말을 귀 기울여 듣고 어떻게든 그 사람이 함께 있으려고 애쓰게 됩니다. 그렇지 않다면, 단언컨대 덜 사랑하는 것입니다. 어른인 연인 사이라면 상대가 내게 시간과 관심을 덜 써도 사정을 헤아릴 수 있습니다. 아이들은 어른과 달리 식견이 좁습니다. 자신이 볼 수 있는 것만 봅니다. 어른들처럼 폭넓게 이해하지 못합니다. 때문에 어른과의 사랑보다 아이에게 주는 사랑은 더 자상하고 너그러워야 하며 더 친절해야 합니다.

예측할 수 없는 가정환경에서 자라도 다른 사람들을 믿지 못하게 되어 열등감이 심해집니다. 가령, 어머니가 예민하고 신경질적이어서 밖으로 감정을 가감 없이 표출하거나, 아버지가 수시로 기분이 좋았다 나빴다 하면 그렇습니다. 어제는 아이가 TV에서 본 개그맨 흉내를 냈더니 귀엽다며 아버지가 용돈까지 주었습니다. 그런데 오늘은 직장에서 무슨 일이 있었는지 아버지의 기분이 나쁩니다. 아이는 아버지의 기분을 좋게 해주려고 어제처럼 개그맨 흉내를 냅니다. 아버지는 아이의 행동을 보고 어제와 전혀 다르게 반응합니다. 버럭 화를 내며 늘상 바보짓만 한다며, 커서 사람 구실이나 하겠냐며 한탄합니다. 이런 상황이 자꾸 반복되면 아이는 사람을 믿을 수 없게 되고 눈치를 보게 됩니다. 어른이 되어 사회생활을 할 땐 너무 상황 파악을 못하고 눈치가 없어도 문제지만 심하게 타인의 눈치를 살피면 오히려 남들이 만만하게 보고 함부로 대할 수 있습니다. 자신감을 잃고 열등감이 커집니다.

너무 가난해서 제대로 보호받지 못하는 환경에서 자라도 열등감이 생기지만, 반대로 부유한 환경에서 과잉보호를 받아도 열등감이 생깁니다. 과잉보호란, 결국 부모가 아이를 대신해 선택하고 결정해주는 겁니다. 아이는 부모의 뜻대로 삶의 방향을 결정하는 것이 습관이 되어 자기 생각대로 인생을 살아볼 기회를 박탈당하는 셈입니다. 과잉보호는, 겉으로는 아이를 지극히 위하는 행동으로 보여도 실은 부모가 아이를 믿지 못하는 데서 비롯됩니다. 과잉보호가 지속되면 아이의 마음속에는 자신에 대한 불신이 쌓입니다. '나에게는 (그럴 만한) 능력이 없나 보다' 하는.

물론, 과잉보호를 하는 부모는 아이를 지극히 사랑하는 마음에서 그럴 것입니다. 그런데 그 마음을 좀 더 깊이 들여다보면 부모 내면에는 어렸을 때 받은 상처가 있고, 자식의 삶을 통해 그것을 보상받으려는 심리가 있습니다. 더욱 아이러니한 문제는, 과잉보호하는 부모는 자녀를 믿지 못할 뿐 아니라 자기 자신도 믿지 못한다는 사실입니다. 쉬이 세태에 휩쓸려 우왕좌왕할 수 있습니다.

부모가 자녀를 조건부로 사랑해도 아이에게 열등감이 생겨납니다. 우리 사회 많은 부모들이 자녀의 학업 성취도에 말 그대로 '올인'하고 있습니다. 성적이 우수하면 좋은 학생이고, 성적이 낮으면 뒤처지는 학생이라는 식의 선입견이 전체 사회에 퍼져 있다고 하면 과언일까요? 자녀의 성적 결과에 따라 상벌을 주는 부모도 있습니다. 그 상벌이 단순히 성적에 대한 칭찬과 꾸지람을 넘어 그 아이의 인격에까지 영향을 준다면 문제가 커집니다.

'내가 공부를 잘하면 부모가 나를 사랑하지만 성적이 떨어지면 부모가 나를 하찮은 사람으로 여긴다'고 아이가 생각하면, 사는 데 곤란을 겪게 됩니다. 살아가는 동안 우리는 예측할 수 없는 다양한 상황을 마주할 수밖에 없습니다. 그런데, 현재 자기 자신만으로는 어딘가 부족하고 무언가를 더 가져야 다른 사람들이 자신을 사랑하고 인정해줄 거라고 여기게 됩니다.

다른 아이와 자신의 자녀를 비교해 꾸짖거나 칭찬하는 말만큼은 절대 하지 말아야 합니다. '성적이 떨어져서 걱정이 되네. 이러다 네가 원하는 대학에 들어가지 못할까 봐 염려돼'라고 말하는 게 아니라 '이웃집 석우는 이번에도 일등인데, 넌 도대체 이 성적이 뭐니?' 하는 식으로 꾸짖는다면, 항상 남과 자신을 비교하고 의식하는 마음이 자리 잡고 열등감이 싹틉니다. 만족이라고는 모르는 불행한 성격이 될 수 있습니다.

어른들 사이에서도 좋은 관계를 유지하기 위해 절대 하지 말아야 하는 것이 이런 비교의 말입니다. 연인 사이에서도, 누구의 연인은 이렇게 잘해주는데 넌 뭐냐, 하는 식으로 말하면 으레 반발심이 들게 마련입니다. 싸우게 될지언정 잘못을 인정하는 말은 절대 나오지 않습니다.

자신에게도 마찬가지입니다. 누구는 돈을 얼마를 벌었는데 나는 이 정도밖에 못 벌었으니까 한심하다든지, 하며 자기를 비난하면 자신의 기를 꺾어 불행감을 크게 만들 뿐 기운을 북돋는 반성이 되지 못합니다. 불행감은 다른 사람과 비교하는 데서 옵니다. '오늘 내가 여기까지 했구나, 저기까지가 목표니까 조금 더 힘을 내보자', 이렇게 생각하면 도움이 되지만, '누구는 저만치 가 있는데 난 왜 그렇게 못하나', 비교하기 시작하면 오히려 의욕이 떨어지고 자괴감만 심해집니다. 자신의 목표와 현재의 상태를 가늠하고 그 간격을 조금씩 줄여나가는 데 관심을 둬야지, 다른 사람과 자신의 처지를 비교하고 신경 쓰는 것은 결코, 절대로, 자기 발전에 도움이 되지 않습니다.

기억의 고고학

부모님이 등장하는 기억을 되짚는 글을 써봅시다. 먼저 청년기(사춘기 이후)부터 기억을 되살려봅시다. 학동기(초등학교 시절), 유년기(4살 무렵부터 7, 8살까지) 순으로 장면을 떠올립니다. 그 장면을 사진처럼 선명하게 묘사합니다. 가장 먼저 떠오르는 기억이 보다 결정적인 장면입니다. 고고학자가 유적을 발굴할 때처럼 최근부터 시작해서 심층으로 파 내려간다는 느낌을 살려봅시다.

✝ 청년기

† 학동기

† 유년기

위의 세 가지 기억의 장면에 등장하는 부모님의 행동 가운데 공통되는 점이 있는지 살펴봅니다. 그 공통점을 요약한 다음 그에 대한 나의 느낌도 써봅시다.

나의 가치관 알아가기

부모님과 나의 의견이 부딪쳤던 장면을 글로 그려
봅시다. 대단한 사건이 아니어도 됩니다. 작게는 라
면 끓이는 방법이 어머니와 내가 달랐던 일이어도
되고, 크게는 사회적 파장이 컸던 정치 경제적 문
제에 대한 견해 차일 수도 있겠지요.

완벽주의와 자아도취
: 스스로에 대한 강박 놓아주기

    날이 갈수록, 자신이 완벽주의 성향이라는 사람을 점점 더 많이 만나게 됩니다.

    "아예 안 했으면 안 했지. 전 완벽주의자여서 무얼 시작하는 게 어려워요."

    언뜻 푸념처럼 들리지만 어떤 땐 살짝 자랑이 섞여 있는 것도 같습니다. 완벽주의는 장점이 아닙니다. 살아가는 데 나를 힘들게 만드는 큰 걸림돌입니다. 완벽주의란, 자신이 하는 일이 무엇이든 그것을 100% 완벽하게 해내야 한다는 강박을 가리킵니다. 그런 사람은 늘 긴장하고 있어 여느 사람보다 열 배는 더 힘들게 살아갑니다. 자신에게 높은 수준의 요구를 하고 있는데, 남들 보기에는 그런 요구가 터무니없이 높거나 상식적이지 못한데도 자각하지 못합니다.

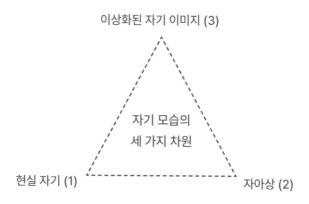

이상화된 자기 이미지 (3)

자기 모습의
세 가지 차원

현실 자기 (1)　　　　　　　　　　자아상 (2)

우리는 세 가지 차원의 자기 모습을 지니며 살아갑니다.

첫째, 현실에서의 자기 모습입니다.

둘째, '나는 이런 사람이다'라는 자기에 대한 무의식적 믿음, 자아상입니다.

셋째, 이상화된 자기 이미지입니다. 자기는 이러저러한 사람으로 타고났다든가 자기는 이러저러한 사람이어야 된다며 믿는 모습인데, 흔히는 이상이나 인생 목표와 혼동되고 있습니다.

인생 목표와 이상화된 자기 이미지는 다릅니다. 이상이나 목표가 과정 중심이라면 이상화된 자기 이미지는 결과에 초점을 맞춘 것이지요.

이 글을 쓰고 있는 나를 예로 삼아 설명해보지요. 뛰어난 작가가 '되고 싶다' 혹은 '되겠다'고 하는 것이 이상이나 목표라면, '나는 뛰어난 작가다' 혹은 '뛰어난 작가가 되어야만 한다'는 이상화된 자기 이미지입니다. 이상화된 자기 이미지는 완벽주의나 자아도취 증상을 만들어내는 원흉입니다. 뛰어난 작가가 '되고 싶다' 혹은 '되겠다'라는 동사형 서술어로 마음을 표현해놓으면 그렇게 되려고 애쓰는 과정에 있는 자기가 어여쁘게 보이고 지켜보는 게 흥미진진합니다.

그러나 '뛰어난 작가이거나 뛰어난 작가여야만 한다'는 이상화된 자기 이미지를 가지고 있으면, 현재 뛰어난 작가가 아닌 자신을 곱게 봐주기가 어렵게 됩니다. 자괴감에 시달리기도 합니다. 또 남들이 내 작품을 비판할 때 자기가 뛰어난 작가가 아니라는 (이상화된 자기 이미지 그대로의 사람이 아니라는) 지적으로 받아들이고 자신을 공격한다고 느끼며 마음에 상처를 입게 됩니다. 만약 뛰어난 작가가 되겠다는 이상이나 목표를 가지고 있다면, 내 작품에 대한 비판을 들었을 때 '작품에 이런저런 문제가 있다'는 정도로, 부족한 점에 대한 지적으로 받아들이되, 나 자신은 분리해서 생각하게 되는 차이가 있습니다.

때문에 이상화된 자기 이미지가 진짜 자기 자신이라고

믿고 있을 때는 완벽주의적 강박이나 자아도취적 성향을 보여줍니다.

완벽주의는 자신이 믿고 있는 이상화된 자기 이미지와 실제 자기 모습 간의 차이에 초점을 두고 있을 때 나타납니다. 이상화된 자기 이미지대로의 사람이 되기 위해 자신을 관리해야 한다는 강박에 시달리는 것입니다. 그런 사람은 무슨 일에서든 '반드시 ~해야만 한다'는 식으로 말하는 버릇이 있습니다. 자신이 무엇을 느껴야만 하고, 어떻게 생각해야만 하고, 어떻게 행동해야만 하는지 정해져 있어 그렇게 해야만 한다고 자신을 윽박지릅니다. 자기가 조금만 더 자신에게 엄격하고 조금만 더 자신을 통제한다면 이상화된 자기 이미지 그대로의 사람이 될 수 있다는 환상에 시달리며, 그렇지 않은 현실 자기의 모습에 자괴감을 느끼며 몰래 괴로워합니다. 어떤 일을 당해서는 잘하지 못할 거라고 미리 겁먹고, 이런저런 핑계를 대면서 시작을 미룬다든가, 때로는 시도해보지도 않고 포기해버리기도 합니다.

자아도취 증상은 자신이 바로 그 이상화된 이미지 그대로의 사람이라고 믿고 있을 때 나타납니다. 현실 자기가 갖고 있는 문제나 결점은 부인합니다. 인정하더라도

사소한 문제라고 치부합니다. 거만합니다. 자신은 보통 사람과 다르다, 우월하다고 여기며 말과 행동에 그게 드러납니다. 자신의 작은 장점은 부풀려서 과대평가하고 원래는 현실 자기보다 더 훌륭한 사람이라고 은근히 믿고 있습니다. 이상화된 자기 이미지대로 현재 살고 있지 못한 것은 자신에게 문제가 있기 때문이 아니라 세상에 자기를 속이고 창피를 주려는 악의적인 사람들이 있어서 그렇다고 변명하면서 진정한 자기는 아직 인정을 받지 못하고 있다고 느낍니다. 그러므로 발전이 없습니다.

이런 자아도취적 태도를 프로이트는 가장 치료하기 어려운 심리적 장애라고 했습니다. 자기가 이미 이상화된 이미지 그대로의 사람이라고 믿기 때문에 고칠 필요가 없고 애쓰거나 노력할 필요도 없다고 생각하는 게 문제의 핵심입니다. 이런저런 핑계를 대며 현실 자기와 직면하기를 미룹니다. 이상화된 이미지 그대로의 사람이 아니라는 게 드러날까 봐 두려워하는 마음이 무의식에 숨어 있기 때문입니다.

진짜 목표와 비교한다면 이상화된 자기 이미지는 정체된 특징을 가집니다. 이상화된 이미지는 그걸 가진 사람이 추구하는 목표가 아니라 그 사람이 숭배하는 고정관념입니다. 진짜 목표는 움직이고 변화하는 특성이 있어 목표를 이뤄가는 과정에서 적절한 격려가 일어납니다. 목표는 사람이 성장 발달하는 데 없어서는 안 될 중요한 힘이 되어줍니다. 그러나 이상화된 자기 이미지는 자신의 부족한 점을 별것 아니라고 부인하거나 그렇지 못한 현실 자기를 비난하게 만들어 성장에 결정적인 장애가 됩니다.

진짜 목표는 사람을 겸손하게 만들지만 이상화된 자기 이미지는 사람을 거만하게 만듭니다.

길잡이

이상화된 자기 이미지 내려놓고 진정한 나의 목표 쓰기

이상화된 자기 이미지 대신 진짜 목표를 갖고 싶다면, 명사가 아닌 동사로 생각하면서 글로 쓰면 좋습니다.

갈수록 동사나 형용사에 'ㅁ'을 붙여 명사형으로 만든 다음 서술 '~이다'로 표현하는 식의 문장이 유행하고 있습니다. 가령, '느꼈다'가 아니라 '느낌이 있었다', 나아가 '슬펐다'가 아니라 '슬픔이 있었다' '흥분했다'가 아니라 '흥분이 있었다' '불안했다'가 아니라 '불안감이 존재했다'는 식입니다. 명사는 고정돼 있습니다. 죽은 상태입니다. 살아 있으면 움직이기 마련이고 따라서 동사여야 하는 것이지요.

바닷속 멍게는 태어나면 이리저리 돌아 다니지만 성장이 끝나면 바위에 착 달라붙어 움직이지 않습니다. 멍게는 움직일 때는 뇌가 있지만 움직이지 않을 때부터 뇌가 없어집니다. 움직여야 뇌가 발달하고 성장하는 건 인간도 마찬가지입니다.

이상화된 자기 이미지와 인생 목표는 다르다는 것을 생각해보고, 인생 목표로 바꾸어 적어봅시다.

'어른이 된다는 것'을 키워드로 글쓰기

【예문】 어른, ing

국어사전에서 '어른'을 검색해보았다. 다 자란 사람[成人]. 또는 다 자라서 자기 일에 책임을 질 수 있는 사람.

나는 지금, 어른이 된 걸까?

'내 10년 후? 그땐 어른일 테니 번듯한 직장이 있겠지? 한강이 보이는 오피스텔에서 살고 있을 거야. 퇴근 후에는 따스하게 반신욕을 하고 포근히 내 몸을 감싸는 샤워가운을 걸치고 나와서는, 커다란 스피커에서 흘러나오는 음악을 들으며 하루를 마무리하겠지.' 어릴 적 내가 막연히 꿈꿨던 어른의 모습은 대략 이러했다. 아니, 꿈이라기보다는 어른이 되면 다 그렇게 사는 줄 알았다. 어른은 그렇게, 어느 날 갑자기 완성되는 줄 알았다.

내 나이 스물일곱 살, 어릴 때 꿈꿨던 번듯한 직장을 얻었고, 부모님으로부터 경제적 독립을 했다. 본가에서 직장이 있는 서울까지 지하철 여행이 계속되던 어느 날 '더는 이렇게 살 수는 없어'라는 생각이 번쩍 들었다. […]

우울증: 나의 우울을 알아주는 것만으로도

　우울증이란 말은 요즘은 하도 많이 쓰여 따로 설명할
필요가 없을 정도입니다. 주부 우울증, 수험생 우울증, 중
년 우울증 등등.

　분노나 화, 불만스러운 감정을 억누르고 참다 보면 쌓
여서 우울증이 됩니다. 별도로 계절 우울증이란 것도 있
는데, 이건 마음의 문제이기보다 몸과 관련이 있습니다.
신체가 햇볕을 쬐지 못하면 부족한 일조량 때문에 생깁
니다. 가을이 되면 슬슬 시작되어 겨우내 우울해졌다가
봄이 오면 기분이 조금씩 나아진다고 합니다. 일조량 문
제이기 때문에 한겨울에도 햇볕을 많이 쬐면 나아집니다.
낮에 자고 밤에 일하느라 햇볕 구경을 못하면 계절과 상
관없이 나타난다 합니다.

　여기서 말하는 우울증은 낮은 자아상이 원인이 되어

일어나는 마음의 장애입니다. 우울증에 걸린 사람은 겉모습만 봐도 티가 납니다. 어깨가 축 처져 있고 자세가 구부정하니 생기가 없습니다. 표정은 딱딱하고 웃는 일이 드뭅니다. 세상만사 모두가 심드렁하다는 표정입니다. 증세가 심해지면 자기를 돌보지 않습니다. 세수도 하지 않고 씻지 않아 머리도 엉망입니다. 하루 종일 누워 잠만 자거나 그와 반대로 통 잠을 못 자는 불면증으로 고생하거나 자꾸 깨는 토막잠을 자기도 합니다. 갑자기 식욕을 잃고 며칠씩 굶다가 미친 듯이 과식하고 토하기도 합니다. 혹은 별것 아닌 일에 이유 없이 눈물을 흘립니다. 제 생각에 우울증의 가장 일반적인 증상, 혹은 우울증의 초입에 흔하게 나타나는 증상은 우유부단, 결단력의 결핍입니다. 아무것도 결정하지 못하고 미루기만 하는 것입니다.

우울증을 앓는 사람은 언뜻 보기에는 이해심도 있고 성격도 부드럽고 순한 것 같습니다. 그러나 마음속에는 부글부글 끓는 화산이 숨어 있습니다. 분노가 쌓이고 쌓여서 만들어진 화산입니다. 그걸 억누르려고 하다 보니 자신을 괴롭히는 우울감으로 나타나는 것입니다. 감정이란 부정하고 억누른다고 해서 없어지는 게 아니기 때문

입니다. 분노를 폭발시키는 대신 분노로 자신을 야금야금 갉아먹고 있다고 할 수 있습니다.

우울증이 있는 이들은, 이 세상이 자기만 부당하게 대하고 있다고 억울해합니다. 이런 생각이 더 심해지면 피해망상이 됩니다. 세상 사람들이 모두 한가해서 자기 한 사람을 못살게 굴려고 중상모략을 꾸미고 있다고 믿게 되지요.

이럴 때는 '내가 우울증이구나' 하고 인지하는 것만으로도 우울 증상을 가볍게 하는 데 도움이 됩니다. 혹시 무슨 일에서든 결정을 내리지 못하고 자꾸 미루는 일이 반복된다면 요즘 내게 우울 성향이 있는 것이 아닌지, 나아가 화났다는 걸 부인하고 꾹꾹 눌러두고 있는 건 아닌지 돌아보면 좋습니다. 그리고 종이 위에 내 마음을 한껏 풀어놓으면 도움이 됩니다.

이제까지 여러 종류의 글을 같이 써보았습니다. 어떠신 가요? 그 노트는 자신을 발견할 존재증명과 같으니 절대 버리지 말길 바랍니다.

지금은 유치하고 창피해 보이는 문장이 들어 있더라도 그 자체로 나의 소중한 기록이니까요. 유명한 책이나 매체에 발표된 글만 가치가 있는 게 아닙니다. 글로 표현된 또 다른 나를, 내가 쓴 글을 소중히 여겨주세요.

글쓰기는 '나'의 내면을 관찰하는 데도 도움이 되며 내 안에 자리한 고통을 글로 붙잡아 놓아 보내는 데도 도움이 됩니다.

글쓰기는 평생 나의 곁을 떠나지 않을, 나의 진실한 친구입니다.

지난주로 돌아간다면 시간을 어떻게 쓸지 적어봅
시다.

이번엔, 자신의 죽음을 상상해보며 미리 묘비명을
적어봅시다. 자기 집착에서 한 발짝 벗어나 자신
을 메타인지로 바라보게 할 것입니다. 네바다 대학
심리학 교수인 스티븐 헤이즈의 실험 결과, 자신의
묘비명을 쓰는 간단한 글쓰기만으로도 술과 마약
에 중독됐거나 우울증으로 의욕을 잃었던 사람들
이 새롭게 살기 시작했다고 합니다.

나의 묘비명에 어떤 글이 쓰이길 원하나요?
적어봅시다.
[예] "여기, 자신의 일과 제자를 진심으로 사랑했던
_____ 고이 잠들다."

나에게 영향을 준 사람 혹은 사건에 대해 쓰기

이에 대해 한 편의 글을 다 쓴 다음, 다음 네 가지 요소를 고려하여 자기가 쓴 글을 읽어보며 글의 흐름을 검토해봅시다.

1. 이 글에 내가 어떤 유형의 사람인지 반영돼 있나.
2. 이 글 속에 나의 역할이 명확히 드러나 있는가.
3. 이 글 속에 나만의 고유한 면이 보이는가.
4. 이 글은 현재 내가 살아가는 방식과 일관되어 있는가.

이 네 가지 관점에서 내가 쓴 글을 다시 읽으며 검토해봅시다. 그러면 지금 이 순간 내가 진정으로 추구하는 인생 목표를 발견하게 될 것입니다. 더불어, 알게 모르게 나를 움직이고 있는 무의식적인 힘도 찾아내게 될 것입니다.

방어기제: 자기 탐구의 여정에서 만나는 저항들

의식의 인정을 받지 못한 것들은 모두 무의식으로 내려갑니다. 살다 보면 중대하든 사소하든 내 마음에 들지 않는 생각이나 경험은 있게 마련입니다. 그것들을 다 끌어안고 살 수는 없습니다. 그렇다고 마음 밖으로 내보내지지는 않습니다. 결국 무의식으로 내려보내게 됩니다. 그것을 보통 '잊어버린다'고 합니다.

잊는 것을 나쁘다고만 할 수는 없습니다. 만약 마음에 들지 않는 생각이나 경험들을 모두 기억하면서 살아야 한다면 마음이 불편해서 미쳐버릴지도 모릅니다. 스스로를 보호할 줄 알아야 합니다. 그것이 생존의 첫 번째 원칙입니다. 그래서 잊어버렸는데, 즉 마음 불편한 것들을 무의식에 내려 보냈는데, 그게 그냥 잠잠히 엎드려 있지 않고 의식하지 못하는 사이에 나에게 영향력을 발휘하기 시작하면 문제가 됩니다. 무의식적이니까 내 맘대로 통제가 되지 않습니다. 만약 내가 의도하지 않은 반응이나 생각, 말이나 행동을 나도 모르게 하고 있다면 자신의 마음을 잘 들여다보고 무의식에 숨어 있는 것들을 재조명해야 합니다. 그래야만 균형 잡힌 마음으로 건강하게 생활할 수가 있습니다. 건강한 정신은 쓸데없이 자기를 뒤틀고 억압하느라 인생을 낭비하지 않습니다.

마음에 들지 않는 생각이나 경험을 무의식으로 내려보냈으나 그게 영향력을 발휘하고 있을 때, 심리적 방어기제가 발동했다고 말합니다. 심리적 방어기제는 자신이 가지고 있다는 걸 깨닫기만 해도 완화되고 영향력이 줄어듭니다.

어떤 상황에서 뭔가 자기답지 않게 말하고 행동한다는 위화감이 들때, 자신의 반응을 메타인지적으로 지켜보면서 탐구해보면 원치 않는 무의식의 영향에서 벗어날 수가 있습니다.

§ 억압

무조건 억누르는 것입니다. 만약 나를 싫어해서 자꾸 괴롭히는 사람이 있다고 가정해봅시다. 그 사람을 죽여버리는 상상을 할 수도 있습니다. 그러나 살인이란 인정할 수 없는 욕구입니다. 그러므로 억눌러서 의식에서 내쫓습니다. 그렇게 억누르는 데는 의외로 많은 심리적인 에너지가 필요합니다. 그렇다 보니 자기도 모르게 어깨에 힘이 들어가 뻣뻣하고 긴장된 자세로 생활하게 됩니다. 사는 것이 힘들고 까닭 없이 지쳤다는 기분도 듭니다. 이럴 때는 그런 생각을 하지 못하도록 자신을 억압할 것이 아니라 '그 사람이 죽고 싶도록 싫다'고 자기 감정을 인정하는 편이 나아요. 중요한 점은, 느낌을 인정하는 것과 그 느낌대로 행동하는 것은 별개라는 것입니다.

더 나아가 그 사람의 장점 일기를 써보는 것도 도움이 됩니다. 처음엔 욕만 나올지 몰라도 두어 줄 쓰기 위해 찾다 보면 장점도 있을 테고, 몇 번 시도하다 보면 그 사람을 넓은 주의력으로 보게 되어 인류애가 생기기도 합니다.

§ 반동

자기 본심과는 반대로 행동하는 것을 말합니다. 무의식에서는 그 사람을 싫어하고 미워하는 마음이 있는데도 겉으로는 오히려 더 좋아하는 척 가장합니다. 속으로는 자기가 제일 잘났다고 믿는 사람이 오히려 남들 앞에서는 말로 겸손한 척하면서 지나치게 자기를 낮추기도 합니다. 속으로는 거드름을 피우면서 겉으로만 겸손한 척하면, 주변 사람들이 다 속지는 않습니다. 오히려 눈치채게 됩니다. 또 매사에 자신이 희생하는 척하는 사람도 있습니다. 의견을 물으면 입버릇처럼 '난 신경 쓰지 마세요. 뜻대로 할게요'라고 하면서 막상 일이 진행되면 자신을 무시했다고 단단히 토라져버려 달래기가 난감합니다. 혹은 겉으로는 웃는 얼굴을 하지만 속으로는 보복하려고 마음먹습니다. 스스로 무리하게 희생자인 척하는 사람들이야말로 마음속에는 다른 사람을 자기 뜻대로 조종하고 싶어 하는 권력 욕구가 큽니다.

§ 보상심리

말 그대로 보상받으려는 마음입니다. '똥 싼 놈이 방귀 뀐 놈 나무란다'는 속담이 있지요. 자신의 잘못을 덮기 위해 자신과 비슷한 맥락의 일을 한 사람을 더 심하게 비난합니다. 유별나게 도덕적인 척, 타인을 비난하고 소문내고 야단법석을 피우며 사건으로 만듭니다. 보상심리 때문입니다. 지나치게 어떤 행동을 과하게 하거나 어떤 면을 과하게 강조한다면 그 반대의 경우가 진실이 아닌지 들여다볼 필요가 있습니다.

§ 합리화

합리화도 널리 쓰이는 말입니다. 매사 자기에게 유리하도록 해석해서,

난 그럴 수밖에 없었다, 나로선 최선을 다한 결과다, 어쩔 수 없다고 변명하는 것입니다. 연예인 동생의 매니저를 한답시고 동생이 번 돈을 가로챈 다음, 그 정도 수익은 매니저 직무로 자신이 가져갈 만했으며 실은 그보다 더 많은 수익을 받았어야 했다고 합리화한 사례를 떠올릴 수 있습니다. 사람이란 스스로를 나쁘다고, 악한이라고 생각하면서는 살 수가 없습니다. 그래서 마음속에선 끊임없이 합리화를 합니다. 대부분 그렇습니다. 그런데 말도 안 되는, 세상 상식과는 어긋나는 자기만의 논리로 합리화를 하면 문제가 됩니다. 자신의 논리에 갇혀 억울해하는 일이 생기는 것입니다.

이솝 우화에도 이런 이야기가 있습니다. 여우가 포도가 먹고 싶은데 포도가 너무 높이 매달려 있어 먹을 수 없으니까 다른 동물들에게도 '저 포도는 시어서 먹지 않는 게 더 낫다'고 떠벌리고 다니지요. 자신이 그것을 손에 넣을 능력이 없다는 사실을 감추려고 험담을 하는 것입니다.

자기 합리화를 전혀 하지 않고 살 수는 없겠지만 그렇다고 또 매사에 변명을 늘어놓는 사람이 되어선 발전이 없고 남의 호감을 사기도 어렵습니다. 다른 사람과 조화로운 관계를 맺는 데 장애가 됩니다. 어렵긴 하지만 '절대 변명하지 않는다'는 규칙을 만들어놓고 지키는 사람이 있습니다. 그렇게 살면 우리는 그 사람을 저절로 존경하게 됩니다.

§투사

자기가 못났다고 인정하기 괴롭기 때문에 밖에 있는 다른 것에 핑계 대는 것입니다. 투사의 가장 흔한 예가 피해의식인데, 그 속에는 스스로에 대한 열등감이 숨어 있습니다. 자기가 능력이 없다는 것을 인정하기에는 마음이 괴로우니까 다른 사람의 중상모략 때문에 그 일을 하지 못한다고 변명하는 것이지요.

개인과 개인 사이에서 일어나는 투사는 내가 가진 결점을 상대방이 가지고 있다고 믿는 것입니다. 나에게 탐욕스러운 면이 있다고 느끼면 그것을 부정하고 가까이 있는 다른 사람이 탐욕스럽다고 비난합니다. 이런 일은 민족과 민족, 나라와 나라 사이에서도 일어납니다. 2차 세계대전 때 독일 사람들은 유태인들을 탐욕스럽다고 비난했는데, 심리학자들은 독일 사람들 자신의 그림자를 유태인들에게 투사한 것이라고 해석합니다. 한국과 일본 사이에서도 일본은 경솔하다든지, 한국 안에서도 어느 지역 사람들은 간교해서 믿을 수가 없다든지 하는 식으로 투사가 많이 일어납니다.

§ 지적화

감정의 문제를 지식 문제로 해결하려는 심리적 경향을 뜻합니다. '다른 사람에게 화를 내지 않는 게 아니라 애당초 마음속에서 화가 나지 않아야 훌륭한 인격이야'라고 생각하는 사람이 있다고 가정해봅시다. 그는 누구에게 화가 나는 일이 생겨도, 자신이 화가 난다는 사실을 인정하고 싶지 않겠지요. 그러나 그의 마음속에는 화가 존재하고 있습니다. 그럴 때 자기가 화났다는 사실을 인정하는 대신, 화란 무엇인가부터 시작하여 변화무쌍한 감정 변화에 대한 지식을 죽 늘어놓습니다. 자기 스스로에게나 주변 사람들에게 그렇게 합니다. 이런 것을 두고 지적화라고 합니다.

평소 나보다 못난 사람이라고 생각해왔는데, 그 사람이 나를 무시한다면 그 사람에게도 무시당했다는 사실을 인정하기가 어렵습니다. 화나서 반박해야 함에도 그 사실을 드러내고 무시당했다는 사실을 말하는 건 왠지 내 체면을 깎거나 자존심이 상하는 것 같은 느낌이 듭니다. 그래서 화란 마음속에서 어떻게 일어나 작용한다든지 하는 책에서 본 이론, 그 사람에 대한 대략적인 평가, 그 일에 대한 여러 가지로 해석을 달기도 합니다. 이것도 자신이 우월하다고 느끼려는 지적화입니다.

우월감을 느끼면 어느 정도 위안은 됩니다. 그 일에 대해 '나는 이미 잘 알고 있다'는 변명이 위로를 주기도 합니다. 그러나 감정의 문제를 지식으로 풀어버리면 감정은 감정인 채로 여전히 무의식에 잠겨버리기 때문에 그 감정은 해결되지 못하여 무의식에 쌓이게 됩니다. 그것보다는 내가 그것에 마음의 상처를 입었구나, 더 나아가 열등감을 느꼈구나, 화가 났구나… 하고 인정하고 내 마음을 관찰하는 편이 정신건강에 도움이 됩니다.

물론 화가 났다고 스스로 인정하는 것과 나를 화나게 한 대상에게 화풀이하는 것은 전혀 별개의 문제입니다. 화가 난 원인을 제대로 보고 대상에게 화를 표현할 때 적절하게 할 줄 알아야 인격자입니다. 화가 났다는 사실조차 부정하는 사람이 인격자는 아닙니다. 이런 차이를 알고 제대로 실천하는 일은 어렵지요. 그렇지만 이를 구분해서 살아갈 필요는 있습니다.

'나'를 응원하며

에세이 수업에 오신 분들에게 왜 이 수업을 신청했고, 왜 에세이가 쓰고 싶어졌는지 여쭤볼 때가 있습니다. 물론 각자의 동기는 다 다르지만, 바쁘게 돌아가는 인생살이 속에서 진짜 자신이 원하는 그 무엇을 찾고 싶어서 수업을 신청했다는 답이 가장 많았습니다.

기원전 300여 년경, 소크라테스는 '너 자신을 알라'고 가르쳤습니다. 아테네 시민들은 청년들을 선동하는 불온한 행동을 한다며 소크라테스를 재판에 회부하였습니다. 친구들은 불리한 결과가 나올 가능성이 크니 국외로 도망가라고 권했습니다. 소크라테스는 거절했습니다. 마음의 소리(다이몬)를 따르겠다고 했습니다. 사형이 선고되었고 소크라테스는 순순히 독배를 마셨습니다.

소크라테스가 들었다는 그 마음의 소리는 지금도 누구나 가지고 있습니다. 그 소리에 귀 기울일 줄 안다면, 스스로의 생각에 지나치게 함몰되지 않고 한 발짝 물러나 내면을 바라본다면, 엉긴 마음을 가만히 지켜볼 수 있다면, 불안과 고통의 느낌은 한결 가벼워집니다. 자신의 내면을 노트에 글로 마음껏 풀어놓으며 얻는 자유는 외부 세계에서 얻어지는 성공과는 비할 수 없을 만큼 큰 충족 감을 줍니다. 또 내면에서 행복과 자유를 느낄수록 주변을 환하게 비추므로 결국 외적인 성취로 이어지기도 합니다.

이 책을 읽으며 '나도 이런 것을 알아' 하는 식으로 지식을 쌓기보다는 '떠오르는 것을 그냥 써본다, 일단 내키는 대로 써본다'는 자세로 대해주었으면 합니다. 그리고

이 책에서 권하는 대로 써보자는 마음이 났다면, 우선 심호흡을 한 다음 호흡을 지켜봅시다. 2~3분이라도 괜찮으니 꼭 그렇게 하고 글을 써봅시다. 글쓰기는 인생살이에 유용하기도 하지만, 또 마음에 위로도 주는 멋진 취미이기도 합니다.

자신이 어떻게 살아가고 있는지 지켜보며, 글을 쓰며, 행복하고 건강한 나날들을 보낼 수 있길 바랍니다. 세상이 나에게 등을 돌린 것 같은 기분에 휩싸일 때도 잊지 말기 바랍니다. 그저 잠시만 나를 고요히 지켜봐주면 그 고통은 사라진다는 것을. 나에게 우주만큼 깊고 넓고 무한한 가능성이 있다는 것을. 그 '나'와 만나려는 여러분을 응원합니다.

치유의 글쓰기

: 십 대를 위한 자기 발견 시간

2024년 12월 19일 초판 1쇄 발행

지은이	펴낸이
이남희	홍진

펴낸곳	디자인	제작
이온서가	BAU Design	세걸음

주소	전화
서울시 마포구 잔다리로 110 6F.	02-6223-2164

전자우편	팩스
welcomebook300@gmail.com	02-6008-2164

인스타그램
https://www.instagram.com/yionseoga_publishing/

- 이온서가 利溫書架는 세상에 이롭고 利 따뜻한 溫 책을 한 권 한 권 충실히 만듭니다.
- 잘못 만들어진 책은 구입하신 서점에서 바꾸어드립니다.
- 독자분들의 말씀에 늘 귀 기울입니다. 소중한 목소리가 담긴 투고, 정성껏 살펴보겠습니다.

ISBN 979-11-981567-3-0 (43800) 값 14,000원